이름 없는 나비는
아직 취하지 않아

이름 없는 나비는
아직 취하지 않아

名無しの蝶は、まだ酔わない

모리 아키마로 | 김아영 옮김

황금가지

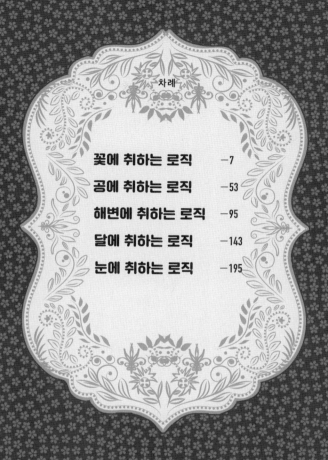

차례

꽃에 취하는
로직

청춘은 긴 터널이다.

누구나 눈을 꼭 감고 싶어질 정도로 밝은 빛을 향해 달리고 있을 터지만, 터널 한가운데에서는 빛이 보이지 않는다.

우리들은 그저 마구 달리는 이름 없는 영혼인 것이다.

나는 누구인가. 그 대답을 찾아내지 못한 채로 자신이라는 존재의 불명확함과, 또한 그렇기 때문에 있는 자유를 끌어안고 어둠 속을 질주하는 영혼.

"조코, 인생에 뭘 바라니?"

선배가 그날 내게 그렇게 묻지 않았더라면 터널 도중에서 맨홀을 찾아내 시궁쥐와 놀며 일생을 보냈을지도 모른다. 스튜어트 서트클리프*처럼 거기에 목숨을 놓고 잊어버리는 수도 있었다.

하지만 실제로 나는 자유라는 도랑에 빠져 죽을 권리를 방기했다.

선배의 질문에 나는 대답을 한 것이다.

"모르겠어요, 아직 아무것도."

"음, 그럼 말이지. 어쨌든 1년간 우리한테 맡겨 보라고."

"뭘 말인가요?"

"네 인생을."

이름도 없는 자신을 맡긴다. 누군가는 내 선택을 도피라고 부를지도 모른다. 그래도 청춘이란 그저 두둥실 떠 있기만 해도 질식할 듯이 괴로운 것이다. 그리고 도피했다고 하더라도, 자신은 누구인가라는 질문으로부터 도망칠 수 없다.

내 선택이 옳았던 걸까, 틀렸던 걸까. 그건 이 이야기를 들은 사람이 판단하면 될 뿐인 일이다.

어찌됐든, 나는 대학 생활을 '취연'에서 보내게 됐다.

* * *

어젯밤엔 필름 끊긴 사람 수가 역대 최고 기록을 달성했다.

……라고는 하지만, 그건 내가 이 동아리에 들어온 지 이레째 되는 날을 기준으로 한 것이며 미키지마 선배 말에 따르면 어제야말로 기본.

도야마 대학 15호관 1층 라운지 내 카페 '에이스케'는 이날도 우리 동아리 사람들로 가득 차 있었다. 다만 전부 다 반죽음 상태. 아

---

* 존 레논과 동창으로 비틀즈 초기 2년 동안 베이스를 맡았으며, '더 비틀즈(The Beatles)'라는 명칭을 만들었음. 21세에 뇌출혈로 요절했다.

직 봄방학 기분인 건지 점원도 꾸벅꾸벅 졸고 있었다.

가게 안에는 블러의 명곡 「비틀범」이 말도 안 되게 큰 음량으로 틀어져 있었다. 여전히 그레이엄은 최고의 기타리스트였고 데이먼은 다른 어느 곳에도 없을 데이먼이었다.

내가 지금 있는 곳은 문에서 떨어진 한쪽 구석. 작은 테이블을 낀 두 개의 낡아 빠진 소파 중 벽에 붙은 쪽에서 무덤덤한 표정을 짓고 있는 여자가 바로 나다. 아무런 색조도 없는 흰 셔츠에 청바지를 입은, 학내에서 속되게 불리는 통칭 전형적인 '도야녀(도야마 대 여학생 같은 여자)' 스타일. 거기에 안경과 약간 긴 느낌의 앞머리로 생김새를 가리고 누구에게도 맨얼굴을 보이지 않도록 신경을 쓰고 있다.

안경 너머의 눈은 테이블 위에 펼쳐진 라운지 노트를 주시 중이다. 거기에는 크게 악필로 이렇게 쓰여 있었다.

소생은 아무것도 기억하지 못하고 있습니다만, 어쨌든 죄송합니다.

균등하지 못해 기분이 나빠지는 글자. 이건 미쓰토리 주쿠라는 주폭 2학년의 필적이었다. '외무라는 직권을 남용해 신입생에게 찝쩍대려고 하니까 조심해.'라고 재무 담당인 3학년 쇼코 선배가 전한 바 있다. 이렇게 말하는 그녀야말로 미쓰토리 선배와 연애 중인 게 아닐까 하고 나는 추측하지만, 진상은 현재 밝혀 나가고 있는 중이다.

이 동아리에 들어오는 신입생은 이유가 있어서 모두 1년 이상 재수한 성인들뿐이었다. 후배라고는 해도 나는 이 동아리의 유일한 현역 합격생인 미쓰토리와 동갑이었다. 이 연배의 여자는 기껏해야

1년 정도의 차이를 묘하게 신경 쓰곤 하니까, 쇼코 선배가 질투하는 것도 모를 일은 아니었다.

바로 그 미쓰토리 선배는 찢어진 바지의 무릎 부분과 손바닥이 피투성이가 된 채 세상에서 가장 위험한 풍채로 오전 중에 카페 에이스케에 비틀거리며 나타나서는 노트에 한 줄 휘갈긴 뒤 들어오자마자 있는 소파에 누워 지금에 이른다.

그러고 보면 그 미쓰토리 선배가 어젯밤 찝쩍대다가 실패한 내 절친 에리카 양의 모습도 보이지 않았다. 어젯밤 그녀는 문득 화장실에 가나 싶더니 그대로 돌아오지 않았다. 어디로 사라져 버린 걸까?

술도 거의 못 마시는 아가씨 캐릭터의 그녀이지만, 요전날 홀로 문학부 캠퍼스에 있는 모습을 보니 중년 남성처럼 미간에 주름을 잡고 담배를 뻑뻑 피워대고 있어 다가가기 어려웠다. 아직도 내가 모르는 그녀가 있는 것 같아서, 거기에 실종의 이유가 있을지도 모른다고 의심하고 있었다.

노트를 그 전 페이지로 넘기면 다섯 명 정도의 부원들이 남긴 낙서가 있었는데 내용은 거기서 거기였다. 다들 의미 없는 사죄를 쓰고, 개중에는 솔직하게 "내 내장에 이변이 있어 보이니 뭘 탓하겠는가?"라고 부연하는 사람도 있었다.

가방에서 전용 물이 들어 있는 파란 물병을 꺼내 꿀꺽 마셨다.

"뭐야, 조코냐."

맞은편 소파에서 드러누워 자고 있던 미키지마 선배는 얼굴만 잠깐 들어 올려 나를 한 번 흘낏 보더니 다시 눈을 감았다.

성은 미키지마. 이름은 아직 듣지 못했다. 현재 이 동아리의 회장

12

이었다. 밤의 정숙함과 소란스러움 모두가 스며든 여윈 문학청년이었다. 만일 낮의 도쿄에서 밤공기를 느끼고 싶다면 이 남자를 보면 된다.

"프랑스어과 사카모토 교수님께서 걱정하셨어요."

"걱정은 뺑이겠지."

"네, 화내셨죠."

미키지마 선배는 필수 기초 강의의 학점을 따지 못하면 2학년으로 올라가지 못하는 우리 문학부 시스템에 따라 3년째 1학년이다. 기초 강의는 오전 중에 있고, 그 시간에 선배는 카페 에이스케에서 자고 있으니 언제까지고 학점을 못 따고 있는 상태라고 한다. 이 때문에 그와 나는 선후배 관계임에도 1주일에 다섯 번은 이수 과목이 겹치는 데다가 어학 수업까지 같았다.

"너 한가하냐? 오전 강의는?"

"생존자가 어제 참사를 설명하지 않으면 사망자 모두가 곤란해할 거라고 생각해서요."

"뭐야, 날 걱정해서 왔다고 생각했더니."

"뭐…… 뭐래……."

왜 빨개지는 거냐, 나. 꾹 하고 안경을 세게 손가락으로 눌러 관자놀이를 자극했다. 이렇게 하면 다소 신경이 안정되고 얼굴이 붉어진 것도 옅어진다. 평상심, 평상심.

"농담이야. 괜찮은 마음씨로군. 협박한 보람이 있네."

따끔하게 내키지 않는 얘기를 꺼내 왔다. 잊어먹지 않았다는 것일 터였다. 신입생 환영회 때 이 선배에게 어떤 비밀을 잡혀 버렸다. 그걸 떠벌리지 않는 대가가 바로 동아리 가입이었다.

"어때, 도망치고 싶냐?"고 물어오는 선배에게 "아뇨, 그다지요." 라고 대답하고는 다시 물병을 입으로 가져다 댔다. 도망치는 건 능숙하지 않았다. 예전부터.

으쌰쌰 하며 미키지마 선배는 몸을 일으켜 자기 뒷자리에서 코를 골고 있는 금발의 데무라 선배에게 재떨이를 내던졌다. 데무라 선배는 흐억 하는 비명을 질렀지만, 그뿐이었다.

"그나저나 올해 1학년은 약하네, 진짜."

"미키 선배."

"뭐."

"선배는 자기가 어젯밤에 어디로 도망쳤는지 기억하고 있어요?"

미키지마 선배는 자기가 불리한 상황에 놓이면 긴 침묵에 빠졌다. 선배가 다시 몸을 옆으로 뉘이고는 왈하기를.

"……메이지도리 길에서 노숙자한테 바지를 빌려주고는 팬티 차림으로 앉아 있다가 체포당했지. 그 전의 일은 몰라."

필름 끊긴 사람, 한 명 추가.

나는 그의 뒤쪽에 산처럼 쌓인 부원들의 '시체'에 눈길을 멈췄다. 꿈틀꿈틀 움직이고는 있지만, 초봄의 파충류라도 그 정도는 움직인다. 아직 인간이라고 보기엔 한참 멀었다.

"경찰이 바지를 되찾아주긴 했는데, 기왕 이렇게 된 거 세탁도 해 달랬더니 거절당했어. 쪼잔하긴, 그 자식들."

"체포당하지 않은 것만으로도 고맙게 여기시라고요."

어제의 악몽이 되살아났다.

돌이켜 생각해 보면, 이레 전인 4월 3일, 홀로 다카다노바바 역 로터리에 가지 않았더라면 이런 무리에 어울릴 일도 없었을 터인데.

나는 미키지마 선배에 의해, 서트클리프적 파멸을 도랑에 버리게 된 것이다.

* * *

1년 재수를 하면서까지 도야마 대학을 지원한 이유는 유서 깊은 추리연구회가 거기에 존재하기 때문이며, 4월 3일에 로터리에 있던 것도 그 신입생 환영회에 참가하기 위해서였다. 오구리 무시타로라든가 프리먼 윌스 크로프츠라든가 잭 푸트랠이라든가,* 어쨌든 죽은 이들이 발명한 로직(logic)은 로큰롤 같아서 기분이 좋았다. 이 케케묵은 추리의 감옥에 나 자신을 투옥하려고 생각한 그 순간.

그런데 찾아도 찾아도 '추연'의 플래카드가 없었다.

어쩐지 추레하지만 빛나는 네온에 감싸인 밤의 다카다노바바 로터리는 도쿠시마 현의 촌스러운 지역에서 온 자에게는 기겁할 정도로 사람, 사람, 사람의 대홍수였다. 예전에 일주일에 한 번 꼴로 상경한 적이 있었지만, 그때엔 어머니와 함께 목적지로 직행했기에 제대로 경치 같은 걸 바라본 적이 없었다. 더군다나 이런 난잡한 길거리에 서 본 경험은 전무했다.

입학식 날 대학 안이 엄청 붐볐기에 어느 정도는 예상했지만,

---

* 전부 추리 소설 작가이다.

로터리의 카오스는 그에 비할 게 못 됐다.

체크무늬 셔츠를 입은 건 문과계 동아리, 검은 슈트는 테니스 동아리든가 스노보드 동아리라든가 혹은 만능 스포츠꾼. '여학생은 무료'라고 공공연히 주장하는 것은 위험한 동아리. 여기까지는 입학식에서 내 옆자리에 앉았던 자칭 '역사 오타쿠'라는, 영장류 사람과(科)의 스타일 끝내주는 여자속(屬) 데라시마 에리카의 발언이었다.

"역사적으로 보건대, 여기 다카다노바바(高田馬場)라는 장소는 원래 에도 초기에 마장(馬場)이 열려서 남자 냄새가 진동하던 곳으로, 그 냄새가 현대까지 배어 있지. 진저리 나는 얘기야."

에리카 양은 멀끔한 얼굴로 그런 말을 했다.

"마장이 뭔데? 경마장?"

역사가 싫어서 2과목 수험의 문학부를 친 나로서는, 마장이라고 해도 당연히 딱 감이 오지 않았다.

"에도 시대 무사가 마술(馬術)이라든가 활 연습 같은 걸 하던 곳이야."

"아아, 그럼 남자 냄새가 날 법도 하네."

"그치, 그러니까 정신 똑바로 차려야 해, 다카다노바바에서는."

에리카 양 정도 미모의 소유자라면 경계심도 필요하겠지만 완전히 도야녀 스타일인 나와는 관계없다고 생각하고 있자니, 예상과는 달리 남자들이 폭풍같이 권유를 해 왔다.

그런 가운데 추리연구회의 간판을 찾고 있었는데…….

"너는 여기야."

갑자기 등 뒤에서 팔을 붙잡혔다.

"저는 이미 마음을 정한 동아리가 있어서요……."

여기까지 말했을 때 시선이 마주쳤다. 신기한 눈동자였다. 바라보고 있는데 동시에 아무것도 보고 있지 않은 것 같으면서, 그런데도 조금도 모질고 정이 없다는 느낌을 주지 않았다. 바다 밑바닥. 나는 그 눈동자에 그렇게 이름을 붙였다.

그게 미키지마 선배와의 첫 만남이었다.

그렇다고는 해도, 동아리에 들어 온 계기는 선배 때문이 아니라, 선배가 들고 있던 플래카드 때문이었다. 거기엔 이렇게 쓰여 있었다.

'취연* 신입생 환영회 남녀 모두 2000엔'

뭐야, 그토록 찾아 헤매던 '추연(推研)'이 먼저 말을 걸어와 주다니. 이건 나루터의 배나 다름없다고, 별반 깊이 생각하지 않은 채 그들 일행에 끼기로 결정했다. 역사연구회에 들어가겠다고 말했던 에리카 양을 그 집단에서 발견한 것도 내 등을 떠민 요인 중 하나였다. 물론 일단 확인은 했다.

"여긴 추리연구회죠?"

"보시다시피, 여긴 취리연구회지."

이 대화가 얼마나 어이없는 것이었는지를 안 것은, 회식이 약 절반쯤 지났을 때의 일이었다. 사전에 미성년자는 없는지 엄격하게 체크를 한다든가, 옆에 앉은 선배들에게 열심히 미스터리 얘기를 해도 전혀 생뚱맞은 대답만 돌아오는 게 이상하다고 생각은 했지만, 회장이 직접 동아리 취지를 설명하는 데 이르러서야 내 자신이 착각하고

---

* 일본어로 취연(醉研)과 추연(推研)은 똑같이 '스이리(すいり)'로 발음한다.

17

있었다는 사실을 깨달았다.

"이 동아리는 술을 마시기 위해 마신다. 이게 다른 동아리와는 다른 점이지. 친목을 다지기 위해서라든가 스포츠 뒤에 교류를 꾀하기 위해서라든가 그런 불순한 동기가 있어서가 아니라, 그저 자기 자신을 술에 적시는 것처럼 마신다. 신체 세포는 24시간 내내 바뀌니까, 세포가 다시 태어나는 속도에 맞춰 체내의 물도 바꿔주지 않으면 안 된다. 걱정할 것 없어, 아무리 마셔도 술 그 자체가 된 사람은 없었으니까. 이상. 즐겨라."

그걸 제일성(第一声)으로 기묘한 구호가 뒤따랐다.

"취, 취, 취취취취, 취하면 멋진 이치가 보인다!"

거기에 맞춰 미키지마 선배가 가부키 같은 움직임으로 춤을 추기 시작하면서 부채를 펼쳐 들었다. 그 위에 잔 둘레까지 일본주를 채운 술잔이 올려졌다.

"취, 취, 취취취연, 마시면 당신도 이치가 보인다!"

선배는 꿀꺽 잔을 비우더니 씨익 웃어 보였다.

이 동아리는 '추리연구회'가 아니라 '취리연구회'였던 것이다. 당장 도망쳐야겠다고 생각했으나 늦어 버렸다. 화장실에 다녀오면서 몰래 2000엔을 테이블에 놓고 사라지려던 참에 미키지마 선배에게 붙잡힌 것이다.

선배는 재빠른 동작으로 내 안경을 벗기더니 말했다.

"역시 너, 그 사카즈키 조코지?"

사카즈키 조코. 그 이름은 10년 정도 전에 유명 아역으로 세간에 인식돼 있다. 그리고 버리고 싶어도 버릴 수 없는 내 본명이었다.

엄마는 나를 일류 여배우로 만들고 싶어서 아직 철이 들기도 전부터 오디션을 보게 했다. 그때마다 함께 도쿄에 상경했었다. 지금에 와서 생각해 보면 그 시절의 나는 엄마의 꿈이었다. 딱히 내 자신이 무언가를 바랐던 게 아니다. 어쩌다가 출연한 드라마가 대박이 나서 유명 아역으로 전국에 얼굴을 알리게 됐을 뿐이었다.

하지만 세간이 질리는 건 순식간이었다. 3년 만에 소녀와 어른의 경계에 접어든 내 이목구비는 불안정해졌다. 동시에 일도 눈에 띌 정도로 줄어들어 엄마의 꿈도 찌부러졌다.

그런 나를 기다린 것은 주조장을 운영하는 아버지였다.

"이제 여배우 놀이는 질렸잖니. 장래엔 우리 주조장을 잇는 거다. 알겠지?"

장난하지 말라고 빽 소리 지르고 난 뒤, 어쨌든 집에서 나오는 것만을 목표로 줄곧 공부만 했다. 무슨 짓을 해서라도 도쿄로 나가자. 하지만, 뭘 위해서?

아역으로서의 역할은 끝났고, 여배우에 미련은 없었으며, 가업을 이을 생각도 없는 지금의 나는 대체 뭐 하는 사람이지? 그런 자문에 대한 대답은 아직 내지 못한 채였다.

그렇다고 해서 미키지마 선배에게 붙잡혔을 때 그런 갈등을 얼굴에 드러내지는 않았을 터였다. 그런데도…….

"조코, 인생에 뭘 바라니?"

미키지마 선배는 그날 내가 가장 받고 싶지 않은 질문을 했다. 그것도 빨려 들어갈 것만 같은 바다 밑바닥 같은 눈으로.

* * *

"그런데요 선배, 어젯밤 술판 도중부터 에리카 양이 보이질 않는데 괜찮은 걸까요?"

아까 전부터 이래저래 생각하고 있던 에리카 양 이야기를 꺼내봤다.

"발견이 안 되고 있는 시점에서 그런 거 알 수 있을 리가 없잖아."

미키지마 선배의 말은 틀린 데가 없었다.

"뭐, 하지만 우리 젊은 아가씨한테 무슨 일이라도 생기면 이 동아리가 없어지겠지. 일단은 어제 있던 일을 대충 설명해 줘."

저도 모르게 선배의 눈에 홀려 있노라니 말문을 틔웠다.

"애초에 왜 술을 마시기 시작했는지, 말인가요."

"그래, 거기서부터 부탁하지."

어젠 신입부원 모집을 위해 캠퍼스 안에 긴 책상을 설치할 수 있는 마지막 날이었다. 접수창구 격인 부스에 있던 게 미키지마 선배를 위시해 여덟 명의 선배들과 불행하게도 붙잡혀 버린 1학년 남녀 다섯 명이었다.

그걸로는 부족하다고 생각했는지 쇼코 선배가 내게 전화를 걸어왔다.

"에리카 양도 있으니까 오지그래."

여학생 기숙사에서 뒹굴거리다가 급히 참석하게 되었는데, 에리카 양은 에리카 양대로 내가 와 있으니 나오라는 부름을 받았다는 게 현장에서 발각됐다. 쇼코 선배도 남의 뒤를 잘 봐줄 것 같아서는 의외로 만만치 않은 구석이 있었다.

그렇게 총 열다섯 명이 모여 술판이 벌어졌다. 그런데 여기서 선배들이 돈을 어떻게 낼 것인지 이야기를 꺼냈다. '아니, 저희 후배들도 이제는 제대로 돈을 내겠다.'고 끼어들려고 하면, 맹렬한 기세로 노려보는 바람에 되받아칠 말을 찾지 못하고 묵묵히 있노라니 심의 결과 방침이 정해졌다.

"오늘은 쿠마당 마시기."

전문 용어가 튀어나와 어리둥절해 있는 신입생들에게 쇼코 선배가 설명해 준 바에 따르면, 도야마 대학 창립자인 이와쿠마 사다노부의 이름을 딴 이와쿠마 강당(쿠마당) 앞에서 판을 벌이는 걸 그렇게 부르는 듯했다.

쿠마당은 본 캠퍼스와 좁은 길을 낀 곳에 위치해 있으며, 저녁 6시라서 아직 학생들이 슬렁슬렁 걸어 다니고 있었다. 그런 한가운데서 술판을 벌인다니 신이 안 날 리가 없었다. 오늘 밤엔 어떤 추태를 보일는지 그간 참담한 밤을 지켜봐 온 나는 홀로 은밀한 호기심을 품고 있었다.

그로부터 얼마 지나지 않아 술도 모였고, 술판이 벌어졌다. 그런데 여기서 난처한 상황이 발생했다. 에리카 양이 "나는 맥주나 소주, 일본주 종류는 절대로 안 마셔요, 칵테일만 마셔요."라고 떼를 쓰기 시작한 것이다. 분명히 자리의 분위기를 흐트러뜨리는 그 태도에 당연히 상급생이 달래려 들 것이라 생각했지만, 이미 마시기 시작한 뒤라 귀를 기울이지 않는 사람이 과반수였다.

다행히 멀리 있던 미키지마 선배가 놀라운 청각으로 그 말을 들었는지 이쪽으로 와서는 "좋아. 야, 미쓰토리. 뭐라도 칵테일 좀 사와 봐. 두 잔만."이라고 지시를 내렸다.

시원스러운 건지 인색한 건지 판단이 서지 않았으나 에리카 양은 이걸로 기분이 좋아졌다. 원래 술이 별로 센 편이 아닌지 "두 잔이나 마실 수 있을까?" 하고 분홍색 원피스와 같은 색으로 뺨을 물들이더니 불안하다는 투로 말했다.

"그러고 보니 역사연구회는 어떻게 했어?"

"당연히 그쪽 활동도 제대로 하고 있어. 대학에선 동아리를 몇 곳이든 들어갈 수 있으니까. 고등학교랑은 다르잖아."

상당히 적극적인 분이시다. 커뮤니티 두 곳에 소속되는 건 정신적으로 무리라고 생각해서 숙원이었던 추리연구회를 깨끗하게 단념한 나와는 너무도 달랐다.

그리고 한 시간쯤 지났을 무렵에는 더 이상 사람 눈도 신경을 안 쓰게 됐다. 그렇다고는 하지만 여전히 강의가 진행 중인 시간이라 강당 앞에서 소란스럽게 구는 게 우리 정도밖에 없어서, 더할 나위 없이 눈에 띄는 건 당연했다. 미키지마 선배는 "우리들을 움직이는 사물이라고 생각하면 문제없다."고 말했으나 신뢰할 수 있을 리가 없었다.

게다가 이날 술판은 질이 썩 좋지 못했다. 2, 3학년 학생들이 자학 소재를 가지고 멋대로 폭주하고 있는 걸 내 알 바 아니라는 듯 담담하게 즐기고 있던 1학년 남학생에게까지 불똥이 튀었다.

"이봐, 너네 이런 술자리 하나 흥을 못 돋우면서 사회인이 되려는 거야? 쓰레기냐? 쓰레기A, 쓰레기B, 쓰레기C. 똥멍청이!"

누가 A고 누가 B고 누가 C인지 잘 모르겠지만, 체격이 좋은 부회장 오야마 선배는 "나 이렇게 쓰레기 운운해 보는 거 태어나서 처음이야."라며 기쁜 표정을 지었다. 그걸 신호로 1학년 남자애들의 안쓰러운 폭주가 벌어졌고 여자아이들도 깔깔 웃으며 보는 새에 어느 틈엔가 주량을 넘겨 마시고 있었다. 얼굴색 하나 변하지 않는 건 태어나면서부터 특이체질인 나와, 맨정신일 때와 취했을 때의 구분이 가지 않는 미키지마 선배, 칵테일만을 고집하는 에리카 양뿐이었고 주변 사람들은 점점 취기가 올라 추태를 부리기 시작했다.

그런 가운데 데무라 선배가 짐승처럼 울부짖으며 쿠마당 벽을 기어오르려 들고 있었고, 미쓰토리 선배는 휘청거리며 비틀비틀 1학년 여자애들한테 말을 걸었다가 거절당해서 점점 이쪽으로 다가오고 있었다.

미키지마 선배로 말할 것 같으면 잔뜩 취해 1학년 남자애들을 부추겨 몸을 포개 피라미드를 만들면서 잔뜩 흥이 올라 있었다. 쇼코 선배는 그걸 보면서 웃고는 있지만, 눈은 때로 미쓰토리 선배를 감시하듯 날카롭게 빛나고 있었다. 그 눈에도 상당히 취기가 올라 있었다.

그때 미키지마 선배의 대호령이 떨어졌다.

"제군! 오늘 밤 달은 희미하게 붉은 기가 돈다. 그런데도 너희들의 술은 붉지 않다. 이건 엄청난 모순이다!"

보아하니 달은 분명 붉은 기가 돌고 있었다. "이런 밤에는." 하고 운을 뗀 미키지마 선배가 꺼내든 것은…… 타바스코였다. 이즈음부터 분명하게 술판의 취지가 엇나가기 시작했다. 열 번 타바스코를 뿌려서 술을 마시겠다고 누군가가 자랑하면, 또 다른 누군가가 자기는 열다섯 번이라며 호언장담했다. 이게 반복되면서 말도 안 되는 양의 타바스코를 술에 붓게 됐다.

이계(異界)는 멀리 있지 않았다. 붉은 술을 붉은 달 아래에서 비워 대는 통에 이미 백귀야행의 양상을 띠기 시작했다. 정신을 차리고 보니 동아리 부원도 뭣도 아닌 패거리까지 뒤섞여 다들 실실 쪼개면서 서로를 쥐어 패고 있었다.

그런 가운데 에리카 양은 "역시 오늘은 술이 안 넘어가."라며 한 캔만 비웠다. 그녀 같은 사람이 왜 이 동아리에 남아 있는지는 적잖이 불가사의했으나, 혼자 있을 때와 동아리에 와 있을 때 태도의 온도차를 생각하면, 뭐 점찍어 둔 남자라도 있는가 보다 하고 납득이 안 되는 것도 아니었다.

상태가 별로 좋지 않아 보여 가방에서 물을 꺼내 건네줬다. 단숨에 꿀꺽꿀꺽 들이키더니 완전히 정상으로 돌아온 에리카 양은 "쌩유우, 조코오오."라며 말하고 일어서더니 "화장실 좀."이라고는 자리를 떴다.

'쌩유우라고……?'라고 생각하면서도 "구래, 다녀왕." 하고 의미 불명의 대답으로 배웅한 지 몇 분 후, 쇼코 선배가 곤드레만드레한 몸을 이끌고 와서는 물었다.

"미쓰토리 바보 자식, 어디 갔어?"

"네? 모르겠는데요."

"시치미 떼지 마, 네 가방에 숨겼지?"

트집을 잡기에 내키지 않지만 어쩔 수 없이 가방 안을 보여 줬다.

이렇게 작은 가방 안에 그런 남자를 숨길 수 있겠느냐고 말하지는 않았다. 술자리에서는 술자리의 이치가 있는 법이다. 그건 정말로 확실하다. 여기서 그런 바른 말을 하는 건 오히려 비정상이다. 슬프게도 그 정도쯤은 요 이레간 완벽하게 익히고 말았다.

내친 김에 지갑과 주머니 안도 뒤지는 척을 했다. "아아, 또야, 그 자식." 하면서 쇼코 선배는 한탄했다.

미쓰토리 선배는 사라지는 버릇 같은 게 있는지, 애당초 2차까지 기억이 남아 있는 경우가 없는 듯했다. 그래서 2차 술값은 미쓰토리 선배만 이튿날에 내곤 했다. 다소 부풀린 금액을 내라는데도 그것도 모르고 계속 돈을 내는 미쓰토리 선배는 사람이 좋다고도 할 수 있겠지만, 미키지마 선배에 따르면 그건 수수료였다.

"그 녀석은 다른 사람보다 배로 민폐를 끼치니까."

'그렇게 말하고 있는 당신은 타바스코 공격을 시작한 장본인이 아니시던가?'라고는 묻지 못했다. 이미 이 타바스코 집단은 제어가 불가능했다. 매우니까 마시는데, 마시니까 매워지는 악순환의 굴레를 반복하는 동안 붉은 바다의 어부가 되어 모두 한 배를 타고 있었다. 목표는 거대한 고래라면서 이들이 덤벼들려고 하는 건 고래가 아니라 쿠마당이었다.

"선배, 전 돌아갈게요. 붙잡히고 싶지 않아서요."

"괜찮아, 콜럼버스. 고래에겐 손도 발도 없으니까."

"누가 대륙을 발견한 사람이라는 거예요. 전 경찰이 싫다고요."

"어리석긴, 여긴 대학 부지 안이라고. 경찰 따위가 올 리 없잖아."

그건 전혀 몰랐다. 멍하니 있노라니 남자들이 쿠마당에 덤벼들고 있었다. 물론 적색 벽돌은 미동도 않으니 안전하기야 하다만, 그래도 어기야 어기여차 하고 덤벼들면 재물손괴죄로 기소당해도 이상할 게 없었다.

문득 보아하니 아까까지만 해도 멀쩡하게 보였던 오야마 선배가 데무라 선배를 업고 근력 트레이닝에 한창……이 아니라, 달을 좇아 달리고 있었다. 이제 금방 따라잡는다며 도야마 역 쪽을 향해 달려갔다.

선배들을 방치하고 동기들과 이야기를 하려 해도, 1학년 남자애는 가방을 메고 "이제 수업 갈게요, 9시부터 1교시가 시작돼요."라며 의미 모를 말을 하고 있었다. '이봐, 지금은 밤 9시야.'라고 지적하는 것도 우습다는 생각에 나는 어쨌든 그저 마지막까지 지켜보기로 했다.

* * *

"그런 다음 '게메코'로 흘러갔어요."

게메코는 다카다노바바에 있는 음식점 겸 선술집이었다. 이 취연의 제2 집결소 격인 가게로, 주인인 게메 씨가 또 술을 마시면서 요리를 하는 여걸이었다.

가게에 도착했을 때 우리들은 이미 고주망태가 된 상태로 전체적으로 술 냄새를 풍기고 있었다. 술 냄새가 진동하지만 요리가 맛있어서 술이 넘어가 버리니, 여기서 술을 깨겠다고 전골 요리를 둘러싸고 앉은 자들이 잇달아 격침되었다. 화장실에 간다더니 그대로 어디론가 바깥으로 탈주한 자들이 여럿. 결국 날이 밝을 때까지 가게에 남아 있던 건 거나하게 취해 잠들어 버린 쇼코 선배와 취기와는 연이 없는 나뿐이었다.

"쇼코는 취하면 울지?"

"울지요."

"미쓰토리를 좋아해서 그래. 불행한 자신한테 취해 있는 거야."

"말씀이 지나치시네요."

"미쓰토리같이 여자를 좋아하는 애를 좋아하면 질투심이 많은 여자는 보답을 받지 못하겠지. 불에 뛰어드는 꼴이야. 그런 것보다도…… 나는 결국 어젯밤 어디에서 사라진 거야?"

"게메코까지는 왔어요. 그런 뒤, 거기에 먼저 와 있던 클럽 점장이랑 의기투합했죠. 여성의 유방에 대한 얘기였어요."

"그런 얘기로 뭘 의기투합했다는 거야?"

"잊어버렸으면 됐어요."

"그러냐?"라고 말하며 선배는 크게 하품을 했다. 선배는 평상시에도 약간 취한 듯 보이는 대신 술을 마시고 있더라도 표정이 변하지 않았다. 그래서 오늘처럼 '기억이 없다.'고 해야 처음으로 취해 있었다는 사실을 알게 되는 것이다.

"그렇다고는 해도, 제대로 마시지도 못하는 에리카 양이 실종된 채인 게 확실히 묘하긴 하네."

"그렇단 말이죠. 물을 마신 다음에 화장실에 가겠다고 일어선 데까지는 기억하고 있는데……."

"그거랑 미쓰토리의 상처. 무릎이랑 손바닥에 찰과상이 나서 피

범벅이었어. 실종되는 건 매번 있는 일이다만, 부상당한 채로 발견되기는 이번이 처음이야."

"다툼이라도 있었던 게 아닐까요?"

"그건…… 그 녀석의 취리에 맞지 않는걸."

"취리요?"

"취한 사람은 약한 면도 강한 면도 뭉뚱그려서 자기 본성을 겉으로 드러낸단 말이지. 그 녀석의 경우 절대로 취해서 공격적으로 변하는 일은 없어. 거의 유일하다고 말해도 될 그 녀석의 장점이지."

"그렇지만 휘말렸다면 어떨까요?"

밤의 도야마 대학 일대에는 취한 학생을 노리는 위험한 패거리가 많다고 들었다. 그런 인간들에게 휘말렸다고 해도 이상할 게 없었다.

"그렇다면 왜 얼굴에 상처 하나 없었을까? 이상하지 않아? 서로 쥐어 팼다면 얼굴을 노리겠지. 그런데도 얼굴엔 상처가 없었어. 상처를 입은 건 무릎이랑 손바닥이었지. 녀석은 뭘 한 걸까? 그건 그렇고 실종 시각은?"

"타바스코를 투입한 뒤였죠."

"그럼 밤 8시 정도겠군."

"기억하고 있는 거예요, 그런 걸?"

"타바스코 투입은 8시로 정해져 있어. 딱 분위기가 느슨해지는 때니까."

거칠기 짝이 없는 흥 돋우기 방법이다. 분위기 띄우는 다른 방법을 모르는 걸까.

"에리카 양의 실종과 미쓰토리의 실종 중 어떤 게 먼저지?"

28

"으음, 누가 먼저였을까요? 거의 비슷한 시간이었던 것 같은 기분도 드는데요…….'

"으음, 거의 동시라…….'

미키지마 선배는 의미심장하게 거기서 침묵 속으로 빠져들었다. 남녀가 거의 동시에 실종되는 건 다카다노바바 일대 술판에서는 자주 있는 일이라고도 들은 바 있다. 선배도 그걸 의심하고 있는지도 몰랐다.

그렇게 되면, 다음은 미쓰토리 선배를 일으켜서 직접 알아보는 수밖에 없나, 하고 멋대로 수사 단계를 정하고 있노라니 미키지마 선배가 갑자기 벌떡 일어났다.

"까, 깜짝 놀랐잖아요. 천천히 일어나세요, 천천히.'

"슬슬 2시가 됐겠군.'

웬일이람. 수업에 들어갈 생각인 걸까?

"4교시 종교학 가타기리 교수님은 강의에서 말한 세세한 내용을 시험에 낸다고 다들 그러더라고요. 선배도 제대로 수업에 들어가시는 걸 추천…….'

"꽃놀이다.'

"네?'

예상 밖의 대답에 당황하고 있자니 미키지마 선배가 일어섰다.

"자, 학생들 주목!'

"뭐야!'

마치 거꾸로 된 도미노, 혹은 부적을 붙인 강시 같았다. 그 한마디에, 숙취에 절어 쓰러져 있던 사람들이 살아나고 살아났다. 나는 그

모습을 그저 입 다물고 지켜보고 있었다.

일주일은 이대로 자고 있는 게 아닐까 생각했으나, 아무래도 내가 이들의 저력을 얕봤던 것 같다.

미키지마 선배는 소리 높여 외쳤다.

"어젯밤 술판을 기억하기 싫은 사람! 부끄러워서 살아 있는 게 싫은 사람은 손을 들어라."

네……. 나 빼고 다들 손을 들었다.

"꽃놀이 술판으로 부끄러움을 씻어 내자!"

호령을 들었는지 말았는지 으쌰으쌰 엄청나게 달아올라서는 소파를 디디고 넘어서 앞다퉈 출구로 향했다.

새벽 5시까지 마셨으니 지금이 음주 전인지 음주 후인지도 알 수 없었다. 그러나 어쨌든 이 흐름은 어제의 백귀야행을 방불케 했다.

기분 나쁜 예감이 들었다. 매일 있는 일이지만.

* * *

향하는 곳은 본 캠퍼스에서 도야마 역 쪽으로 직진해 나아간 끝에 있는 문학부 캠퍼스 뒤편의 도야마 공원이었다.

발을 들이는 건 이번이 처음이었다. 입구에서는 생각지도 못할 정도로 부지가 드넓었다. 설마 도심에 이만한 땅이 비어 있을 줄이야. 작은 집 한 채를 몰래 지어도 상관없겠다는 생각이 들 정도였는데, 실제로 같은 생각을 한 노숙자들이 여럿 흩어져 있었다.

그쯤에서 꽃놀이가 시작돼 백주당당, 방약무인인 잔뜩 취한 학생들의 광경이 두루마리 그림처럼 펼쳐져 있었다. 이미 완벽한 무법지대였다.

왕벚나무의 애매모호한 배색이 마침 안정을 찾지 못하는 마음에 들러붙어 흥에 젖어 선을 넘어가라고 부추기는 걸 알 수 있었다.

이 애매모호함이 밤이 되면 뚜렷한 어둠 속에서 한층 요염하게 딱 버티고 선다는 사실도 일종의 신기한 현상이다. 그렇게 생각하면서 머리에 바로 떠오른 것은 가지이 모토지로의 작품에 나오는 '벚나무 아래엔 시체가 묻혀 있다*'는 표현이었다. 그런 있을 리 없는 일을 단호하게 뱉어 놓고는, 더 나아가 아무런 검증도 되지 않았는데 명언처럼 현대까지 남아 있다는 점부터가 이상하지 않은가.

꾀꼴꾀꼴, 꾀꼴꾀꼴……. 가까이서 꾀꼬리가 운다.

"여어, 코알라."

미키지마 선배의 부름에 퍼뜩 정신을 차렸다.

코알라와 조코는 '코' 한 글자밖에 일치하지 않는다.

"분명 코알라도 저도 가죽을 걸치고는 있지만……."

"도와줘."

개의치 않고 선배는 내 팔을 끌고 간다. 차가운 손의 촉감에 약간 심박수가 높아졌다.

뭘 도와 달라는 거냐면, 아무래도 술값 벌기인 듯했다. 요약하자면 어제 선배들은 지갑을 탈탈 털어 버린 고로 오늘 마실 술값은 한 푼도 가지고 있지 않은 것이다.

---

* 단편 『벚나무 아래엔』의 첫 문장이다.

"만담 중에 술집에서 한됫병을 빌려 그걸 꽃놀이 자리에서 두 배 가격에 판다는 얘기가 있지. 똑같은 걸 해서는 재주를 못 부리니, 너 저기 저 녀석들이 있는데 가서 술 좀 따르고 와. 10분 뒤에 구하러 갈 테니까."

"설마 접대비를 받으시려는 건……."

"바로 그거야. 이거라면 술집에서 한됫병을 빌리는 것보다 싸게 먹히니까."

"안 돼요. 그건 미인계잖아요."

"무슨 소리. 전채 요리 같은 거라고."

단어를 바꾼다고 될 문제가 아니라고 생각은 하면서도 갔다 오라고 등을 떠밀려서는 어떻게 하지도 못하고, 별수 없이 남자들끼리만 꽃놀이를 나온 그 무리를 향해 갈 수밖에 없었다.

그때 내 눈은 있을 수 없는 일을 시야 구석에서 포착했다. 그들이 흥겨워하고 있는 벚나무 바로 옆의 벚나무, 그 뿌리께에서 빨간 뮬을 신은 희멀건 발 한쪽이 비죽 튀어나와 있었다.

잘 보아하니 지면의 움푹 팬 곳에 여성이 웅크리고 있었고 그 위에 남성 코트가 걸쳐져 있는 게 아닌가.

벚나무 아래에…… 시체가 묻혀 있던 것이다.

* * *

아무래도 남자들이 그 장소를 고른 것도 이걸 구경거리로 삼기 위해서인 듯했다.

"마이코플라스마."

등 뒤에서 부르는 소리가 들려 "네."라고 대답을 하고 돌아보니 미키지마 선배가 따라오고 있었다.

"안 가도 되겠다. 벌써 미끼가 뿌려져 있던 모양이네."

미키지마 선배는 남자들이 있는 곳으로 향하면서, 쓰러져 있는 여자와 그걸 응시하고 있는 남자들의 모습이 한 번에 들어가는 구도로 사진을 한 장 찰칵하고 찍었다. 그는 옆에 있는 나무 아래의 아름다운 '시체'를 가리키면서 말했다.

"너희들 저걸 보고 있었지? 그 얼빠진 표정, 제대로 카메라에 담았다고."

"뭐, 뭐야, 네놈은!"

"저건 우리 동아리 회원이야. 자, 일인당 1000엔. 못 낼 돈도 아니잖아? 아사쿠사 스트립쇼 클럽에 가면 열 배는 내야 한다고. 싸지 않냐?"

개수작 부리지 말라고 으름장을 놓는 사람들과 쭈뼛거리며 지갑을 뒤지는 사람들이 있어 이건 이거대로 앞으로 참고로 삼을, 남자라는 생물을 관찰할 수 있는 좋은 기회였다. 그러나 그보다도 미키지마 선배가 당당하게 우리 동아리 사람이라고 한 거짓말이 들키지는 않을까 초조하기 짝이 없었다.

게다가, 태평하게 말은 하고 있다만 저 사람 설마 죽어 있는 것은 아니겠지? 이 공원은 문학부 캠퍼스와 무척 가까웠다. 어느 문학청년이 벚나무 아래에 정말로 시체를 묻은 걸지도 몰랐다. 풍류와 엽기 사이의 살인이 되는 건 아닌지, 요코미조 세이지 선생님이나 다

33

카기 아키미쓰 선생님 등등의 작품이 생각나면서 미스터리를 좋아하는 본능이 꿈틀댔다.

어쨌든 확인을 하지 않으면 미스터리도 시작되지 않는다고 생각해서 나는 소동의 한가운데를 헤치고 홀로 조심조심 벚나무 뿌리께로 다가가 시체의 얼굴을 확인했다.

"엇…… 에, 에리카 양!"

놀랐다. 웬걸, 시체가 아니라 조용히 새근거리고 있는 에리카 양이 아닌가. 동아리 부원이라던 선배의 주장은 거짓이 아니었다. 하지만 그 위치에서는 얼굴을 확인할 수 없는데 어떻게 미키지마 선배는 알았던 걸까? 잠깐 생각하고는 '아, 신발인가.' 하고 깨달았다.

그건 둘째 치고, 왜 그녀는 이런 곳에서 자고 있는 거지?

그녀의 차림은 어제와 조금도 다르지 않은 벚꽃색 원피스였다. 그렇다면 이 남성 코트는 누구 걸까.

이름을 부르며 안아 일으키자 에리카 양은 퍼뜩 눈을 뜨더니 주위를 두리번거리며 둘러봤다.

"세상에 맙소사, 나 여기서 뭘 하고 있는 거야?"

"그건 내가 묻고 싶은 말인데. 걱정했다고."

여자들끼리 수다를 늘어놓고 있노라니 갑자기 화난 목소리가 오가기 시작했다. 아무래도 전쟁이 발발한 것 같은 느낌이었다.

"봤다면 그게 뭐 어떻다는 건데, 이 자식아!"

소리를 지르는 이는 남자 무리의 대표 같아 보이는 사람으로, 우락부락한 형상의 남자였다. 남성용 교복을 걸치고 있는 건 거칠고 품위 없는 체하기 위한 걸까.

미키지마 선배는 남자의 격앙된 태도에 맞서 상대방을 깔보는 듯한 냉정한 어조로 이어 나갔다.

"미술관에 가면 입장료를 내겠지?"

"여긴 미술관이 아니잖아!"

"그렇다면 이 사진을 대학 게시판에 붙이고 학생 전원에게 물어보자고. 관람료를 내야 할지 어떨지."

말을 꺼내기 무섭게 그 얼굴에 리더 격인 남자의 주먹이 메다꽂혔다. 털썩하고 뒤로 쓰러지는 미키지마 선배. 그러자 진을 다 치고 우리를 찾으러 온 오야마 선배와 데무라 선배가 나타나 덤벼들었다.

뒤늦게 미쓰토리 선배도 나타났으나, 어제의 숙취가 남아 있는 탓인지 원래 힘이 없는 탓인지 전혀 전력에 도움이 안 됐다. 퍽퍽 얻어터져서는 엉엉 울었다. 어제 입은 상처가 아프기도 하겠지.

"우…… 기붕 나빠……."

옆에서 에리카 양이 말했다.

그 정도로 마신 것도 아닐 텐데. 고작 350밀리리터짜리 칵테일 한 캔을 어젯밤에 마셨을 뿐이다. 그걸로 이튿날까지 기분이 안 좋다니, 어지간히 간이 약한 모양이었다.

별수 없이 또 내 전용 물병의 물을 마시게 해 줬다.

"고마워."

이렇게 말하더니 한 번에 전부 마셔 버리고는 산뜻하다는 표정으로 사죄를 했다.

"걱정하게 해서 미안미안해용."

미인인 데다가 애교가 있는 인사였다. 평소엔 쿨한 아가씨이기도 했기 때문에 한층 사랑스러운 캐릭터로 느껴졌다. 내가 남자였더라면 이런 여자아이를 좋아하게 될지도 몰랐다.

이런 생각을 하고 있노라니 꼬옥 안겨 오는 게 아닌가. 와와와왓.

남자들이 피 튀기는 대난투를 거듭하고 있는 옆에서 여자 둘이 찰싹 붙어 있는 건, 그것 나름대로 문제인 듯한 기분이 안 드는 것도 아니었다.

"미안하군, 공주."

공주? 깜짝 놀라고 말았다. 미키지마 선배가 여러 방식으로 부르는 탓에 나도 모르게 여기에 대답을 할 뻔했으나, '잠깐 있어 봐, 내 어딜 봐서 공주라는 거야.'라는 데 생각이 미쳐서 멈췄다.

그러나 에리카 양은 신경 쓰는 모습이 아니었다.

"공주, 싸우지 않으면 안 되는 고로, 이쯤에서 실례하도록 하겠소이다."

'이봐, 대체 무슨 캐릭터야?'라고 묻는 것조차 주저하고 있노라니 에리카 양은 갑자기 남자들이 난투를 벌이는 곳을 향해 달려가기 시작했다.

"에리카 양! 위험해!"

외쳤을 때엔 이미 늦었다.

에리카 양은 벌써 전투에 가담해 있었다. 그러고는 남자들에게 차례로 정강이 킥을 먹이더니 그 안에서 발로 채여 웅크리고 있던 미쓰토리 선배를 구해냈다.

"네놈들, 이 몸의 말에게 무슨 짓을 하고 있는 게냐!"

에리카 양은 미쓰토리 선배의 등에 올라타더니 그 엉덩이를 찰싹 찰싹 두드리기 시작했다.

"전진해라! 전진해!"

아직 취기가 남아 있는 것 같은 미쓰토리 선배는 그 말에 따라 비척비척 사지로 기어 앞으로 나아가기 시작했다.

남자들은 싸움을 멈추고 멍한 표정으로 그 뒷모습을 보고 있었다.

나는 말을 타고 달리는 에리카 양을 뒤쫓았다. 그러나 에리카 양은 무지막지하게 말을 부추겨 앞으로 돌진하려고 하는데, 이 나약한 말은 부질없이 곧장 쓰러져 버리고 말았다.

"이런 몹쓸 말 같으니! 일어나지 못할까!"

에리카 양은 내리더니 미쓰토리 선배를 마구 발로 차기 시작했다.

"이러면 안 돼, 에리카 양."

"이건 호리 님이 아니신가. 이렇게나 꼴사나운 모습을."

나는 한동안 에리카 양을 바라봤다. 어느샌가 나는 그런 이름이 된 모양이었다. 이름을 잃는 건 장기 중의 장기였다. 별반 신경 쓰지 않고 "괜찮습니다."라고 대답하니 손등에 입맞춤을 당했다.

무슨 일이 벌어지고 있는지 알 수가 없었으나, 그녀가 먼저 손을 쥐기에 마주 잡아 자유를 빼앗아 뒀다.

맞은편 남자들의 싸움은 어떻게 되었나 보아하니 이쪽은 벌써 종식하고는 적과 아군의 구분도 없이 술잔을 서로 기울이고 있었다. 이미 완전한 연회였다. 더 나아가 대학 교가를 열창하면서 한됫병을 꿀꺽꿀꺽 돌려 마시더니, 결국에는 어깨동무를 하기에 이르렀다. 남자라는 생물의 무사태평함에 질리긴 하나, 뭐 일단은 장하다, 장해.

멋지게 공짜 술을 얻어 마시고 있으니, 이 또한 미키지마 선배의 계산이 아닐까 하는 의심이 드는 것도 무리는 아니었다. 그건 그렇다 치고 벚나무 아래에 시체가 묻혀 있다는 둥, 대난투가 벌어지는 둥 엄청난 소동이었다고, 한숨 돌리고 있을 때였다.

누군가가 이름을 부른 듯한 기분이 들었다.

돌아보니 에리카 양이 내 입술에 자기의 부드러운 입술을 겹쳤다.

잘한다 잘한다.

잘한다 잘한다.

소란스러움이 끊이질 않았다. 그러나 그런 환성조차도 내게는 꽤 나 멀리서 나는 소리처럼 들렸다.

나는 태어나서 처음으로 입맞춤이라는 걸 했다.

* * *

"미녀랑 도야녀랑 키스하고 있다고!"

누군가가 소란스럽게 놀려 대는 소리에 그제야 제정신이 들었다.

일단 에리카 양을 홱 밀쳐내고 입술을 닦았다.

"저기…… 나한테는 그쪽 취향은 좀처럼……."

"제, 제가 입맛에 맞지 않는다는 겁니까! 이 백전노장이!"

"아, 아니아니, 그런 게 아니라요……."

주사(酒邪)의 세계에는 주사의 세계 나름의 이치가 있다. 그러나 그게 보이지 않을 때엔 어떻게 하면 좋단 말인가.

"자아자아, 이제 두 사람, 노래하자고!"

말을 꺼낸 건 미키지마 선배였다.

벌로 쇼코 선배가 말을 타듯 올라탄 안쓰러운 미쓰토리 선배를 그 자리에 내버려 두고, 취연 멤버는 남자들 무리가 앉아 있는 돗자리에 신발을 벗고 올라섰다. 원형진을 치고는 크게 합창을 했다.

"도야마 대학 응원가!「푸르른 하늘」, 시작!"

'시작'이라고는 해도 그런 노래는 몰랐다. 몰랐지만, 어쨌든 주변에 맞춰 노래를 불렀다. 에리카 양도 대체 이게 뭐냐고 하면서도 슬슬 물이 올랐는지 큰 목소리로 따라 부르고 있었다.

그러기를 한창…… 사건이 벌어졌다.

갑자기 에리카 양이 탈주한 것이다. 그것도 솔개 같은 속도로. 당황해서 뒤쫓아 뛰었으나 따라잡기조차 쉽지 않았다.

치마가 뒤집히는 것조차 신경 쓰지 않고 달리고 또 달렸다.

보아하니 에리카 양의 앞쪽엔 비틀거리며 달려 도망치는 남자가 있었다. 노숙자 남성이었다. 그 손에는 신발 두 짝이 들려 있었다.

"아! 저건 내 신발이다!"

소리를 지른 건 바로 미키지마 선배였다.

"어! 내 것도 없어!"

이번엔 적군의 총대장.

젠장, 저 자식! 적과 아군의 구분도 없이 모두 다 함께 뒤쫓았지만 어차피 취해 비틀거리는 집단에 불과했다. 비척거리면서 뒤쫓는 그들보다는 에리카 양의 달리기에 기대를 거는 게 더 나을 법했다.

이러쿵저러쿵 하는 동안 에리카 양은 "이랴아아아아아아아!" 하면서 남성의 등에 발차기를 날려 쓰러뜨렸다. "으헉!" 하면서 쓰러진 남자는 신발을 내던지고 달아나려고 했으나, 에리카 양은 더 나아가 그 남자 위에 올라타더니 퍽퍽 때리기 시작했다.

겨우 도착한 비틀거리는 걸음걸이 집단이 노숙자를 둘러싸고 보아하니, 그 남자는 맨발이 더럽혀져 있었고 아파 보였다. 이건 너무 안됐다고 협의를 하고 있노라니, 쇼코 선배가 와서 남성용 구두 한 켤레를 내밀었다.

"이 신발은 필요 없으니까 드릴게요. 미쓰토리는 오늘부터 말이 될 거니까요."

이렇게 말하더니 휙 던졌다. "덤으로 이것도."라면서 풀썩 내던진 건 검은색 남성용 코트였다. 잠들어 있던 에리카 양이 덮고 있던 거였다.

"아으…… 내……."

완전히 울상이 된 미쓰토리 선배를 아무도 돌아보지 않았다. 그렇군, 그 코트는 미쓰토리 선배의…… 응? 그렇다면 어떻게 되는 거지?

설마, 어젯밤에 역시 미쓰토리 선배와 에리카 양은 함께 사라진 건가?

"감사합니다, 감사합니다."라면서 울면서 기뻐하는 남자에게 모두 "잘됐네."라면서 어깨를 두드리고, 이걸로 일단락이 났나 싶어 세 번 거듭 박수를 쳤다.

"어…… 어라, 나……."

에리카 양은 양손을 입에 가져다 대고는 얼굴이 파랗게 질려 있었다. 그러고는 자신이 깔고 앉아 있는 것의 정체를 깨닫고는 "꺄아아아아아아악!" 하고 비명을 지르더니, "실례했습니다."라고 내뱉고 도망쳐 버렸다.

남겨진 집단은 멀어져 가는 그녀를 멍한 얼굴로 바라보고 있었다.

벚나무 아래 묻혀 있던 아름다운 시체는, 아직은 밝은 봄 하늘 아래서 공원의 오솔길을 따라 도망쳐 버렸다.

* * *

반성회는 게메코에서 이뤄졌다. 대부분의 인간들은 다카다노바바 거리를 배회하는 좀비가 되어 있어서 거의 현지 해산에 가까웠다. 반성회에 참석한 건 오야마 선배와 미키지마 선배, 그리고 나 세 명뿐이었다.

오늘 밤 게메 씨는 웬일로 술에 취해 있지 않았다. 방어 무조림에 우엉 볶음, 고기 감자조림과 달달한 수제 요리가 술에 전 위장에 부드럽게 침투했다.

오야마 선배는 우선 오늘 소동에 대해 회장의 선 긋기가 좋지 못했다며 미키지마 선배를 책망하더니, 그새 눈이 흐릿해졌다. 잠이 쏟아지면 어디든 상관없이 잠들어 버리는 게 이 동아리 사람들의 공통된 특징이라고 할 수 있을지도 모르겠다.

곧이어 조용히 새근거리는 소리가 들려왔다.

"이 녀석 매년 잔소리가 늘어난단 말이지."

미키지마 선배는 내게 술을 따르며 말했다.

"자, 그럼. 이제 반성회다. 벚나무 아래엔 시체가 묻혀 있다고 가지이 모토지로가 말했지. 사카구치 안고의 소설 중에 『만개한 벚나무 숲 아래』라는 게 있는데, 이건 결국 왠지 모르게 기분 나쁜 이야기야. 어쨌든 벚꽃에는 사람을 착란하게 만드는 마력 같은 게 있어."

"지금 말장난하신 거 맞죠? 벚꽃이 착란.*"

"그렇다면, 애초에 왜 시체가 묻혀 있다고 가지이는 말했던 걸까."

무시하는 건가.

"아무래도 벚꽃과 죽음은 한 세트로 일본인의 마음속에 오가는 것 같다. 의외로 전국 시대에는 실제로 벚나무 아래에 전사한 병사를 묻었을지도 모르지."

"실제로…… 말인가요?"

"그래. 이를테면, 그게 에리카 양이 실종되었던 이유라는 생각이 들지 않니?"

"어, 어째서 그렇게 되나요?"

갑자기 무슨 얘길 하는 걸까. 당혹스러워하는 내게 미키지마 선배는 가볍게 받아쳤다.

"오늘 에리카 양처럼 그 벚나무 아래에는 이 주변에서 죽은 사무라이가 잠들어 있을지도 모른다고."

"꺄아, 무서워요."

이제 와서 여자다운 척해 봤지만, 역시나 무시당했다.

"그래서 망령이 에리카 양의 몸에 빙의한 거지."

농담인지 진담인지.

언제나 진지한 얼굴로 얘기를 하는 탓에 그 지점을 알 수 없었다. 그러나…….

---

* 일본어로 벚꽃은 '사쿠라(さくら)' 착란은 '사쿠란(さくらん)'으로 발음이 유사하다.

"그러고 보면…… 오늘 에리카 양이 저를 '호리 님'이었나, 아무튼 그렇게 불렀어요."

미키지마 선배는 내 반응을 보고 빙긋 웃고 있었다.

"게메 씨, 호리 님이라고 하면?"

왜 여기서 게메 씨에게 화제를 넘기는 걸까 생각하고 있노라니, 예상 외로 그녀는 빠르게 대답했다.

"그거야 뻔하지 않나요, 다카다노바바의 결투."

"네? 다카다노바바의 결투요? 오늘 있었던 결투를 말씀하시는 건가요?"

"아냐아냐. 모르는 거야? 다카다노바바의 결투. 아코로시(赤穗浪士)*의 한 사람으로 유명한 호리베 다케쓰네의 무용담이지. 어느 전투에선가 무라카미와 스가노라는 두 번사(藩士)**가 결투를 벌이게 됐지. 무라카미 쪽은 가신이 여러 명 모였으나, 스가노는 고용인과 종 두 명밖에 모이지 않았어. 어쩔 수 없이 스가노는 '전사할 경우 처자식을 부탁하네.'라며 나카야마 야스베에(후일 호리베 다케쓰네)에게 머리를 조아렸지. 그런데 야스베에는 고개를 젓고는 대신 그 결투에 쫓아 나서겠노라고 청원을 했고…… 전부 해치워 버렸지."

"전부…… 혼자서 말인가요?"

"후일담에 따르면 열여덟 명을 베었다고도 하는데, 이건 좀 심하게 부풀린 듯해. 그 반 정도였겠지."

---

* 효고 현 아코 번의 47명의 무사들을 가리키는 말로, 1703년 1월 30일 밤에 옛 주군 아사노 나가노리의 원수를 갚기 위해 기라 요시나카의 저택을 습격한 '겐로쿠 아코 사건'을 일으켰다.

** 에도 시대 행정 단위였던 '번'에 소속된 관리 무사.

"그래도 충분히 대단한걸요. 전 그렇게 사람을 베어 본 적이 없으니까요."

"그렇겠지."

"그래서, 호리 님은 그 얘기의 어디에 등장하는 건가요?"

"그거야, 그거. 이 야스베에와 나중에 결혼하는 게 호리베 호리. 이 결투 중에 운명적인 만남을 했다고도 일컬어지지."

나는 "흐음흐음." 하고 고개를 끄덕이면서, 납득은 되지 않지만 이 이야기가 이번 사건과 어떤 식으로 얽혀 있다는 건지 생각하고 있었다.

"그러니까…… 어떻게 된 얘기인 거죠?"

"둔하고만. 완전히 취한 에리카 양은 지리적인 사실을 반영해서 다카다노바바 결투의 세계관에 빠져 버린 거야. 그래서 야스베에가 된 거지."

벚나무 아래에 웅크리고 있던 아름다운 시체가 머릿속에 다시 떠올랐다. 그런가, 벚나무 정령이 야스베에의 혼을 에리카 양에게 쓰이도록 한 걸까…….

"아니아니, 그게 아니라."

미키지마 선배는 내 뇌 속을 읽기라도 한 듯이 부정했다. 그러고는 가로되.

"에리카 양은 역사 오타쿠잖아?"

"맞아요, 역사연구회에도 소속돼 있을 거예요."

"내가 아는 사람 중에도 있었어. 역사를 배울 거면 역사 속 인물이 되어 보는 게 가장 쉽고 빠르다면서 여러 인물이 되어 본 녀석이."

"……그러니까, 혼령이 빙의한 게 아니라 그냥 그 인물이 되어 봤다는 뜻인가요?"

"그렇게 생각하면 어제 밤 미쓰토리가 실종된 이유도 알 수 있지. 그 녀석 바지 무릎이 까져서 피투성이였잖아? 아마 어젯밤에도 오늘처럼 에리카 양을 말처럼 태우고 있었겠지."

"이틀 연속, 말 신세인가요……."

"그런 남자야, 그 녀석은. 평생 말로 살라고 해도 저도 모르게 대답할 녀석이니까."

자기 자신이 없어도 너무 없다. 남의 일이라 뭐라고 말하긴 그렇지만, 미쓰토리 선배는 주체성이 없기로는 어쩌면 국보급일지도 몰랐다.

"그렇다면 어제 에리카 양이 실종된 건 야스베에가 되었기 때문인가요?"

"그 시대의 다카다노바바라는 곳은 지금의 니시와세다 부근인데, 도야마 공원에서도 꽤나 가까워. 전투에 참전하기 위해 말을 탔는데 공원 언저리에서 술이 깬 거지. 새벽녘이었으니 추워졌을 거야. 토끼도 열을 보전하기 위해서 구멍을 파지. 아마도 미쓰토리에게 벚나무 뿌리 부근에 구멍을 파게 한 다음에 돌아가라는 명령을 내렸을 거야."

"아아, 그래서 벚나무 아래서 잠들어 있던 거로군요?"

"지금 계절엔 비도 자주 내리니까 지면도 부드러워서 어느 정도는 파기도 쉬웠을 거야. 그러고 나서 미쓰토리는 에리카 양에게 코트를 덮어 주고 그 자리를 떠난 거겠지."

말이 됐다가 개처럼 땅굴을 팠다가, 미쓰토리 선배의 대활약엔 절로 머리가 숙여졌다.

그러나…….

"그렇다고는 해도 에리카 양은 왜 어제 그렇게 취했던 걸까요? 고작 칵테일 한 캔일 뿐이라고요? 게다가 오늘은 전혀 마시질 않았다고요."

"사실 거기엔 네 착각이 관여돼 있지."

그렇게 말하고 미키지마 선배는 나를 손가락 총으로 쏘는 시늉을 했다.

나는 맞은 척을 하면서 몸을 뒤로 젖혔다.

* * *

"착각? 뭐가요?"

죽은 척을 끝내고 나는 물었다.

"네 물병 속에 있는 거, 그거 뭐야?"

"집에서 보내 주는 물인데요."

"너, 그걸 어릴 적부터 마시고 있는 거야?"

"네, 뭐. 저희 집은 주조장이니까, 아버지께서 물에는 집착이 좀 있으셔서요."

선배는 "그렇군." 하면서 의미심장하게 입을 다물었다.

"뭐…… 뭡니까, 이 공백은."

"소주 갑류에 대해 알아?"

"소주 갑류요? 그게 뭐죠? 동물인가요?"

"술의 종류야. 지금은 주세법이 개정돼서 이런 이름은 없어졌지만, 소주에도 갑류와 을류가 있었지. 전통적인 을류가 있노라면, 연속식 증류기로 증류시킨 신식 소주를 갑류라고 불렀어. 전통적인 소주에 비해 풍미는 몰개성적이고, 오직 추하이라든가 칵테일 베이스용으로만 사용되지."

"그게 뭐 어쨌다는 건가요?"

"그러니까 네 물병 내용물 말이야."

순간 머릿속이 백지가 되었다. 이런 건 아역 배우였을 시절에 촬영에서 대사를 전부 잊어버렸을 때조차도 경험한 적이 없었다.

"소…… 소주를 제가 매일 마시고 있다는 겁니까!"

내가 매일 마시고 있는 물이 술이라고?

"무취에 가까워서 보통 사람들은 별로 신경을 쓰지 않지만, 나는 매일 술에 절어 있으니까 대부분의 술은 냄새로 구분할 수 있어. 맨 처음 만났던 날을 생각해 봐. 다카다노바바 로터리에서 너를 발견했을 때, 나는 소주 갑류의 냄새가 신경이 쓰여서 말을 건 거야."

나는 입을 다물고 있었다. 이해가 안 되는 것도 아니었다.

주당으로 알려진 야마우치 요도*를 숭상해 개업한 선조로부터 물려받은 주조장을 외동딸인 내가 잇기를 바라는 아버지는, 일찍 결혼해 여배우의 꿈을 버린 엄마가 나를 아역 오디션에 데리고 다닐 때에도 반대했었다. 그러나 설마하니 이렇게 교활한 술 교육이 이뤄지

---

* 막부 말기의 도자마 다이묘.

고 있을 줄은.

"용서 못 해……!"

"워워. 덕분에 너는 어떤 강한 술에도 취하지 않는 특이체질이 됐고, 잘됐네, 잘됐어."

"조금도 잘되지 않았다고요."

분노에 떨면서 그렇게 말했지만, 여기서 화를 내 봤자 소용이 없다는 걸 알고는 기분을 전환하기로 했다.

"으음, 그러니까, 정리하자면 알코올 적정량을 넘겼기 때문에 역사적인 지식을 발휘해서 야스베에라는 역사상 인격이 되었고, 미쓰토리 선배를 말처럼 타고 다녔다는 게 어제 있었던 일이네요?"

"겉보기에는 그렇지."

"네?"

정신이 멍해졌다. 그렇지만 방금 전까지 역사 해설까지 해 준 건 다름 아닌 미키지마 선배가 아니었는가.

그러자, 선배는 갑자기 묘한 질문을 던졌다.

"너, 아역 배우였을 때, 역할에 심취해서 캐릭터에 지나치게 감정이입했던 경험 없니?"

생각도 못 했던 해묵은 상처를 훑는 게 아닌가.

"뭐, 네, 있었죠."

출세작이 된 드라마 역할이 성인 남자를 보면 곧장 발로 차고 싶어지는 가난한 집안 딸 역이어서, 촬영 기간 동안 사석에서도 흉포한 태도를 취했던 걸 생각해 냈다.

"그 반대인 경우도 있다고 나는 생각해. 에리카 양의 경우, 술에 취하면 마음이 상황에 맞는 역사적 인물 캐릭터를 조종해 버리는 거야. 그게 에리카 양이 부리는 주사의 이치인 거지."

"무슨 말씀을 하고 싶으신 건가요?"

"어째서 칵테일 두 잔도 못 마시는 녀석이 아직도 취연에 남아 있는 걸까?"

"그러니까……."

그러니까 무슨 말을 하고 싶은 걸까, 선배는.

알 수가 없었다.

게메 씨가 무언가를 볶기 시작했는지 기름 소리가 기세 좋게 가게 안에 울려 퍼졌다.

그런 와중에, 미키지마 선배가 말을 뱉었다.

"생각하건대, 에리카 양의 목적은 네가 아닌가 해서."

순간, 소리가 사라졌다. 눈은 주방에서 일고 있는 김을 의미도 없이 뒤쫓고 있었다. 말도 안 돼. 에리카 양이 나를?

"저…… 저를 말인가요?"

"그날, 로터리에서 나는 가장 먼저 너를 포착했어. 그때 등 뒤에서 끈덕지게 따라붙던 게 에리카 양이었지. 어제 쿠마당 마시기에서도 쇼코 바보 녀석이 네가 온다고 말하기 무섭게 오겠다고 말했으니까. 게다가 술판이 한참 벌어지고 있는 동안에도 네가 자리를 뜨기 무섭게 아저씨처럼 담배를 뻑뻑 피워 댔다고."

"그런……."

동아리에서는 피우지 않는 줄 알았는데, 내 앞에서만 안 피우는 거였나. 멍해 있는 나에게 선배는 더더욱 강한 펀치를 날려 댔다.

"역사상의 인물이 되어 있긴 했지만, 오늘 키스는 어땠을까? 그건 연기 아래 숨겨진 에리카 양의 본심이었을지도 모른다고. 술자리에서 에리카 양이 보이는 태도도 그렇게 생각하면 납득이 되지. 너도 뭐 짚이는 점 없냐?"

그런 말을 듣고는 새삼스럽게 에리카 양과의 첫 만남부터 되짚어 봤다. 이를테면 신입생 환영회의 무서움을 나에게 알려 준 건 뭘 위해서였을까? 그건 친절한 마음에서 우러났던 게 아닐지도 몰랐다. 게다가 어제 쿠마당 마시기에서는 실종 직전까지 내 옆에서 한시도 떨어지지 않으며 접근해 오는 남자들을 격침시켰다.

아가씨 같은 풍모에, 여고 출신끼리 보일 법한 동성 친구간의 친근한 태도를 취하고 있다고 멋대로 생각했지만, 오늘 도야마 공원에서 벌어진 난투 소동을 보아하건대 에리카 양은 의외로 공주님을 지키려는 기사 같은 소양이 있었는지도 모르겠다.

에리카 양의 목소리가 되살아났다. 그때, 연기의 가면이 벗겨져서 '호리 님'이 아니라 '조코'라고 불렀던 거겠지.

엄청나게 직설적이고 용감한 게 아닌가. 나에겐, 그런 마음에 정면으로 맞설 용기가 있는 걸까?

"고등학교랑 대학이 가장 다른 점이 뭘까? 규범이 무엇 하나 없다는 거야. 지금까지는 교복을 입고, 이렇게 해야 한다는 둥 저렇게 해야 한다는 둥 그래 왔지만, 해서는 안 되는 일이 무엇 하나 없는, 뭐든지 자기의 생각대로 할 수 있는 세계로 온 거야. 자유는 무서운 거라고."

"자유는……."

그 말대로였다. 자유는 무서웠다. 지금까지 자기 몸 둘레에 있던 울타리를 전부 외부에서 짜 준 틀이라고 튕겨내 버리고 나면, 형태가 정해져 있지 않은 물렁물렁한 세계로 방출되어 버린다.

"에리카 양은 기호가 부여된 세계에서 뛰쳐나와, 처음으로 자신의 감정과 직면한 거야. 자기 마음의 움직임을 바라본 거지. 무엇에 흥미가 있는지, 무엇을 하고 싶은지, 누가 좋은지……."

그 부분에서 평소와는 다르게 번뜩이는 눈으로 미키지마 선배는 나를 봤다.

술에 반응하지 않는 뺨이 빨갛게 물드는 소리가 들려온다.

"자기 마음의 움직임을…… 말인가요."

미키지마 선배는 천천히 잔을 비웠다.

"필사적으로 살고 있는 거야, 다들. 너조차도 그렇지. 아니야? 사카즈키 조코."

"풀네임으로 부르지 마세요."

나조차도, 필사적으로 살고 있다……. 그럴까?

유명 아역 배우 사카즈키 조코는 이제 어디에도 없다. 여기에 있는 건 미래의 지도 한 장도 가지고 있지 않은 이름 없는 유령이다.

"답이 보이지 않는 어둠 속을 걷는 건, 그저 그것만으로도 상당히 괴롭지. 그렇지 않냐?"

"……그렇지요."

'그렇지요.' 하고 나는 마음속으로 한 번 더 따라했다. 벚나무 아래에 잠든 아름다운 시체가 눈꺼풀 뒤로 떠올랐다. 봄의 환상. 그 아름다움도 추함도, 모든 게 지금으로 응축되어 있는 것 같은 기분이 들었다.

청춘은 긴 터널이다.

다들 눈을 질끈 감고 싶어질 정도로 눈부신 빛을 향해 달리고 있을 터이지만, 터널의 한가운데에서 빛은 보이지 않는다.

문득, 미키지마 선배에게 눈길을 돌렸다.

선배는 이제는 게메 씨와의 잡담에 열을 올리고 있었다. 선배는 이름 없이 살아가는 지금 이 시기가 겁나지 않는 걸까.

그 옆얼굴에선 아무것도 읽어 낼 수가 없었다.

그래도 한 가지만은 확실했다. 미키지마 선배와 있으면 터널 안에서 달을 만난 것 같은 기묘한 안도감이 들었다. 오늘 입맞춤이 미키지마 선배와 한 거였다면……. 발소리를 죽이고 슬며시 다가오는 그 망상을 급하게 머릿속에서 지웠다. 나는 일어난 일에 대해서만 대처하는 현실주의자니까.

"어이, 술잔. 설마 취한 거야?"

"안 취해요."

나는 잔을 비웠다.

"술잔이라는 별명, 괜찮네."

그렇게 말하는 미키지마 선배.

"이의 있습니다."

사실은, 취해 있던 거다.

아무리 마셔도 취하지 않는 주제에, 취해 있었다.

결투 뒤, 꽃에 취하는 이치에.

공에 취하는
로직

도망치는 범인 같았다.

골든위크*의 마지막 날, 난 고향에 작별 인사를 하고 도쿄를 향하는 신칸센에 몸을 실으며 그런 생각을 했다.

오른손에는 캔 맥주. 몇 캔을 마셔도 나는 취하지 않는 종자임을 알고 있는데도, 문득 알코올 외에 날 이해해 줄 수 있는 건 없을 듯한 기분에 편의점에서 사버리고 만 것이다.

그렇게나 싫어서 떠나온 땅인데도, 귀경길에는 온전히 도쿠시마 세포가 각성을 해 버려서 다시 이걸 잠재우기 위해서는 술밖에 없을 것 같은 생각이 들었다.

뭘 위해서? 그런 거, 알 바 아니었다.

---

* 4월 말부터 5월 초까지의 휴일이 많은 1주일.

그래도 어쨌든 나는 도쿄를 향하고 있었다. 거기에 '이유'는 없었다. Why done it? 그런 질문은 내 인생에서 점점 아무래도 좋은 일이 되어가고 있었다. 적어도 근 4년 동안은 모라토리엄. 아무것도 아닌 나를 즐길 뿐이었다.

그러나 그렇게 분명히 정해 뒀는데도, 이 안절부절 안정되지 않는 기분은 뭘까? 마치 실이 끊어진 연 같은 기분이었다.

무엇보다도, 그런 기분은 도착한 뒤 여학생 기숙사의 냄비 파티에서 물에 불어 녹아 버려, 다음 날 아침 대학 15호관 1층에 있는 카페 에이스케에 당도했을 무렵에는 이미 '무엇'이라고 한데 묶을 만한 감정은 존재하지 않게 되어 버렸다.

분명 다른 나라로까지 도망친 범인도 이런 기분일 게 분명했다.

"다들 그렇지. 1학년 때의 5월이란."

카페 에이스케에서 커피를 마시면서 『시키구집(子規句集)』을 읽고 있던 미키지마 선배에게 신칸센에서 내가 느꼈던 걸 어렴풋하게 말했을 때, 조금은 안심이 되는 대답이 돌아왔다.

여기는 우리 취연이 머무는 곳이었다. 취연이라고 해도 딱 느낌이 오지 않을지도 모르지만 정식 명칭이 '취리연구회'라고 말하면 어쩐지 이해해 줄 거라고 생각한다. 나는 '추리연구회'와 착각해 이 동아리에 가입해 버린 불쌍한 어린 양이었다.

'취하는 것 이외에 일절 관심이 없다는 태도로 임할 때 얻을 수 있는 진리가 있어.'

이건 미키지마 선배의 말이다. 선배는 때로 취하는 것의 논리를 따라 복잡하게 얽힌 인간관계의 실마저도 풀어 보이곤 했다.

"어, 다들이라니, 정말 다들 그런가요?"

"술잔."

"네……라고 대답은 했습니다만, 저 딱히 그 별명을 인정한 건 아
네요."

"그렇다고 해서 사카즈키 지요는 아니잖아?"

어제 다른 동아리 부원이 이름을 물었을 때 나는 과거 유명 아역
으로서 널리 알려진 이름인 사카즈키 조코를 숨기고 싶어서 저도 모
르게 사카즈키 지요라고 이름을 대 버렸다.

"요즘 그런 이름 좀처럼 없지 않나. 지요라니."

"그렇긴 합니다만."

"뭐어, 그건 그렇고."

미키지마 선배는 자세를 고쳐 앉았다.

"1학년 때 5월엔 다들 '고독인가 연애인가 병'에 걸려 있거든."

"'고독인가 연애인가 병'…… 말인가요?"

"한 번 귀성을 하니까 그런가 생각도 해 봤지만, 도쿄 출신인 사
람들도 걸리니까 꼭 그렇다고 단언할 수는 없어. 그러나 원인이 뭐
가 되었든 모두 증상은 같지. 사람이 그리워져 짝을 찾아 어떤 사람
은 연인을 만들거나, 그게 안 되는 사람은 반동으로 자길 이해해 줄
수 있는 사람은 아무도 없는 게 아닐까 하는 고뇌에 빠지곤 하지."

"허어."

나는 아직 누구를 찾아 헤매지도 않고, 고독하지도 않았다. 그렇
지만 그건 어쩌면 여학생 기숙사에서 질릴 정도로 사람과 접촉하고
있기 때문일지도 몰랐다.

"이 시기부터야, 급격하게 커플이 늘어나는 게."

"어…… 아, 애인 말인가요."

"왜 부러 예스런 투로 고쳐 말하는 건데."

"좋아하거든요, 이 말투."

프랑스어로 '함께'라는 뜻의 '아벡(avec, 애인)' 쪽이 '한 쌍의'라는 뜻의 '커플'보다 개인적으로는 성향에 맞았다. 서로 다른 인간이 한 쌍이 될 수 있을 리가 없었다. 기껏해야 가능한 거라곤 바싹 붙어 있는 것 정도가 아닐까.

"뭐, 너는 선천적 '고독병'이니까 심각한 증상에 빠지진 않을 것 같다만."

별다른 이유도 없이 폄훼당하는 것 같았다. 뿔이 난 나를 무시하고 미키지마 선배는 말을 이어 나갔다.

"하지만 5월에 시작하는 연애는 겉도는 경우도 많아. 호감에서 시작한 게 아니라, 사람이 그리운 마음이 앞서서 상대방의 성격까지는 눈길이 미치지 않은 상태에서 시작하기 때문이겠지. 뭐, 운 좋게 진짜 연애에 성공하는 경우도 있겠지만."

"흐음흐음. 미키 선배가 그 정도로 연애에 빠삭하신 줄은 미처 몰랐네요."

"이 시기의 바보들에 대해서 잘 알 뿐이야."

"아, 그러시군요."

그때 슥 미키지마 선배의 손이 뺨으로 뻗어와 나는 순간 움찔하고 몸을 웅크렸다. 바라보고 있는데, 동시에 아무것도 보고 있지 않은 것 같으면서도, 그런데도 조금도 야박하다는 느낌을 주지 않는 그 눈동자가 코앞에 있었다.

바다 밑바닥. 나는 그 눈동자를 그렇게 이름 붙였다.

심장이 튀어오를 정도로 벌컥거리고 있었고, 얼굴은 괜히 뜨거워졌다.

"안경, 비뚤어졌다."

미키지마 선배는 뺨으로 손을 뻗은 게 아니었다. 안경테 부분을 살짝 손가락으로 올려 준 거였다.

사람 놀래기는. 내 심장은 그렇게 강하지 않은데.

그러나 물론 미키지마 선배는 그런 나에겐 신경조차 쓰지 않았다.

"무엇보다도 고독이라는 게 가공의 생물이라는 사실을 의무 교육에서 보다 철저하게 가르칠 필요가 있다고 봐."

여기서 선배는 한숨을 쉬고는 말을 이어 나갔다.

"바보 아닌가, 아무리 외롭대도, 연애삼매경.*"

"오오, 하이쿠……."

5, 7, 5의 정형구였다.

"마사오카 시키**는 위대하다고. 고독이 가공의 생물이란 걸 이해하고 있었어."

"고독은 가공의 생물인가요?"

"그렇잖아. 기본적으로 그거라고, 고독이란 건 과도한 기대가 가져오는 좌절감이야. 사람과 이야기를 하고 싶은데, 얘길 하더라도 생각하는 것처럼 의사소통이 성립하지 않는다, 이 도랑이 고독이라고."

---

* 원문은 '馬鹿なのか、寂しさ余って恋わずらい.'이다.

** 19세기 후반의 시인이자 일본 국어학 연구가.

"도랑이라……."

묘하게 감명을 받고 있노라니 문득 등 뒤에서 검은 오라가 다가왔다.

"확실히 고독은 좌절감일지도 모르겠네요."

지박령처럼 침침한 목소리가 내려왔다.

"이 목소리는……."

뒤돌아서 그 인물을 확인했다. 목소리의 주인은 4월 후반부터 취연에 가입해 활동 중인 삼수생 '실로폰'이었다. 별명을 지어 준 건 물론 미키지마 선배였다. 어쩌다가 이렇게 별난 별명이 붙었느냐면 남자인 주제에 새되고, 더 나아가 풀솜으로 감싼 것처럼 부드러운 목소리를 지니고 있어서였다. "네 목소리는 실로폰 같군."이라고 선배가 말한 순간부터 동아리 안에서 별명이 실로폰으로 결정되어 버렸다.

본명은 우치노라는 이 남자는 아프로 머리 스타일이 트레이드마크인 교육학부생이었다. 본디 노리던 건 기타 동아리였으나 협조력이 없다고 쫓겨나, 지금은 취연의 술자리에서 조니 선더스라는 기타리스트에 대해 구구절절 늘어놓다가 따돌림당하고 있었다. 한번은 이와쿠마 강당 앞에서 마시는데 잘난 깁슨 레스폴을 들고 와 연주해댄 탓에 그 기타가 거의 박살날 뻔하기도 했다.

평소엔 위세 등등한 남자이지만 오늘은 아프로 머리마저도 흐느적거리는 듯해 보였다. 원래 가느다란 눈을 힘없이 축 늘어뜨려서는 몇 번이고 한숨을 쉬었다.

"봐, 여기에도 한 명 '고독인가 연애인가 병'에 걸린 사람이 있었네. 뭐, '고독인가 연애인가 병'에 듣는 약은 지금은 하나뿐이지. 다행히, 다음 주에는 그 약을 입수할 수 있을 거 같으니 안심하라고."

"그게 뭔가요?"

나는 물었다.

"도케이(戸惠) 전이지."

도케이 전은 도야마 대학의 오랜 라이벌인 게이주쿠 대학과의 경식 야구* 시합의 명칭이다. 매년 도야마 대학과 게이주쿠 대학을 포함한 6개 대학이 리그전을 치러, 반기에 한 번 결승전이 벌어진다. 그 리그 최종 시합에 나가는 게 도케이 전이었다. 관전하러 오는 각 학교 학생이 우승 여부에 상관없이 그날 밤 제각기 성지에서 대소동을 벌인다는 건 대학 내에서 모르는 사람이 없는 상식이라는 듯했다.

다음 주 토요일은 취연에서 단체석으로 관전을 갈 예정이라 기대하고 있던 터였다. 그런데 그 도케이 전이 '고독인가 연애인가 병'의 특효약이라는 건 대체 무슨 논리인 걸까.

그러자, 실로폰이 한층 더 커다란 한숨을 쉬면서 이런 말을 내뱉었다.

"실은 그 도케이 전이 고독의 원인이라고요."

* * *

"그러고 보니 너, 요전에 일부러 전화해서 도케이 전에 안 가겠다

---

* 코르크 등을 소재로 한 단단한 공을 사용하는 경기. 반대로 고무공을 쓰는 연식 야구가 있다.

고 하지 않았던가?"

"아뇨, 가기는 가려고 생각하고 있었어요. 그냥 취연에서 같이 관전을 안 한다 뿐이지."

"호오, 록을 좋아하는 주제에 야구 관전도 좋아하는 거냐?"

"조니 선더스는 열세 살 때 다저스 구단에 스카우트 될 정도로 야구 소년이었다고요."

"선더스 뭐시기는 그럴지 몰라도, 네가 야구를 관전하는 이유는 아닐 것 같은데."

"선더스가 틀릴 일은 없다는 겁니다."

실로폰은 강하게 그렇게 선언했다. 귀중한 에너지를 이 순간에 전부 써버리고는, 직후 다시 축 늘어졌다.

"뭐, 됐어. 그래서, 왜 그 도케이 전이 고독의 원인이라는 건데?"

미키지마 선배의 말.

"사실은……."

실로폰은 사정을 구구절절 이야기하기 시작했다.

이번 골든위크 때, 실로폰은 남학생 기숙사를 떠나 아오모리로 돌아갔다. 사정이 넉넉하지 못한 그는 완행 전차를 갈아타며 가는 홀로 여행하기 작전을 감행했으나, 그 전차 안에서 운명적인 만남을 했다고 한다.

야요이라는 이름의 그 여성은 짙은 보라색 미니스커트에 벌써부터 흰 반팔 T셔츠를 입고 있었다. 그녀는 실로폰을 보자마자 화가 난 듯한 어투로 이렇게 말했다.

'너, 도야마 대학 학생이지? 그 머리 좀 심하게 눈에 띄는데. 맨날

시야에 들어온단 말이야.'

'어······ 으, 미, 미안합니다······.'

실로폰이 쩔쩔매면서 그렇게 답하자 그녀는 키득 웃었다.

'긴 여행의 말상대가 돼 주면 용서할게.'

'저, 정말로요?'

그때까지 시야 끄트머리로 흘끔흘끔 그녀를 보고 있던 실로폰은 상대방이 먼저 말을 걸어 줄 거란 생각을 못 하고 있던지라 완전히 붕 떠서는 갈팡질팡하면서 자기 소개를 했다. 야요이는 법학부 3학년생이었다. 현역으로 입학했기 때문에 삼수한 1학년생인 실로폰과는 사실 동갑이었다.

'흐음, 실로폰 군이라. 말투에 좀 사투리가 묻어나네.'

그렇게 말하는 그녀 역시 표준어 억양은 아니었다. 혹시나 하고 실로폰은 생각하고는 이렇게 물었다.

'어데 가?'

어디로 가냐는 뜻이었다.

그러자 야요이는 즐겁다는 듯이 웃은 뒤 대답했다.

'아오모리.'

기묘하게도 둘 다 쓰가루(津軽) 출신이었던 것이다. 그 즉시 지역 이야기로 달아올라 시간도 잊은 채로 고향에 돌아갔다. 그리고 돌아가 있는 사이에도 몇 번인가 실로폰이 불러내 식사를 함께 하기도 했다.

음악 취향은 달랐지만 다행히도 둘 다 야구 관전을 엄청 좋아했다. 실로폰은 프로 야구 관전을 좋아했던 반면 야요이는 대학 야구

마니아였다. 특히 도야마 대학의 경식 야구 시합은 몇 번이고 본 듯, 대학 야구의 장점에 대해 열변을 토했다.

그리고 골든위크 3일째, 실로폰은 갑자기 미키지마 선배에게 도케이 관전 티켓을 취소해 달라며 전화를 걸어, 대신 자기가 알아서 티켓을 구입하려고 인터넷 경매 사이트를 샅샅이 뒤진 끝에 페어 예매권을 낙찰받았다.

그리고 어제 밤, 도쿄로 돌아오는 전차 안에서 그 얘기를 했다.

'이번 도케이 전, 같이 보러 가자.'

그러자 그녀의 안색이 나빠졌다고 했다.

"전철 멀미인가?"

미키지마 선배가 물었다.

"아니라고요오."

"먹은 게 목에 걸렸다든가."

"……그런 게 아니라니까요."

저도 모르게 나도 옆에서 이렇게 끼어들지 않고는 배길 수가 없었다.

"야요이는, 한동안 애매모호하게 고개를 끄덕이고는 얘기를 들어주었는데요, 도쿄에 근접했을 때 딱 잘라 말했어요."

야요이는 우쓰노미야에서 우에노로 향하는 전차 안에서 하나의 계절이 끝났다는 듯 단호한 표정으로 돌아오더니, 이렇게 말했다고 한다.

'그래도 나, 벌써 이 2년간 도케이 전은 질리도록 봤거든. 데이트가 하고 싶은 거면 영화라도 보러 가자.'

"그때까지 영화 얘기라곤 서로 눈곱만큼도 안 했는데 갑자기 영화를 보자고 그러는 거 이상하잖아요?"

"질리도록 본 거면 별수 없지."

그렇게 말하는 미키지마 선배.

"그렇지만 전 말했다고요, 티켓 구했다고. 그런데도 '취소하고 영화 보러 가자.'더라니까요. 아무래도 부자연스럽잖아요, 그런 거."

"데이트 같이 하는 건 좋잖아. 차이는 것보단 낫지."

그러나 실로폰은 격렬하게 고개를 저었다.

"아무래도 이상하단 말이에요. 그렇게나 대학 야구에 대해 열변을 토하던 그녀가, 갑자기 야구 열이 식은 듯이 영화 얘길 한다는 게."

"내 생각에는."

나는 조심스럽게 입을 열었다.

"있지, 야요이 씨는 자기 흥미 대상과는 별개로 평범한 여자다운 걸 하고 싶은 걸 거야. 데이트하면서 로맨스 영화를 보고 싶어 하는 거, 이거, 엄청나게 일반적인 여성의 마음이 아닌가 싶은데……."

"술잔이 일반적인 여성의 마음을 이해할 거라고는 생각지 못했는데."

이건 아까의 앙갚음인가. 선배는 실로폰을 향해 자세를 고쳐 앉았다.

"그래서, 구체적으로 뭘 걱정하고 있는 거야? 만약 데이트를 거절 당했다면 이야기는 간단하지. 네가 아닌 다른 누군가와 선약이 있는 거겠지. 그러나 그게 아니잖아. 너와 데이트를 해서 영화를 보고 싶다고 말했잖아. 무슨 문제가 있는 거지?"

"……저랑 같이 야구 관전을 하고 싶지 않은 이유라도 있던 게 아닐까……라는 생각이 들거든요."

그런 생각을 하고 싶은 건 아니지만, 저도 모르게 그런 생각을 하고 있는 자기 자신을 억제할 수가 없다는 건가.

"그건 상대방이 말하지도 않은 걸 네가 멋대로 읽어내려고 하는 데 지나지 않잖아."

옳은 말이다. 선배는 때로 정말로 진지하게 굴었다.

"그게…… 연애란 거 아닌가요?"

"아니지. 그건 연애가 아니야. 한가한 사람이 빈 시간 동안 망상을 하고 있을 뿐이야."

"으……."

아픈 곳을 찔렸는지 실로폰은 입을 다물었다.

"알바나 하라고, 알바. 네가 생각할 법한 건 뻔히 알아. 출전 선수 중에 전 남친이 있다든가 그런 걸 신경 쓰고 있는 거 아냐?"

"네……. 잘 알고 계시네요."

"혹여, 그게 진짜라고 해도 네가 뭘 어쩔 건데? 이제 그 애를 싫어할 건가?"

"그럴 리가 있나요!"

"그럼 이제 쓸데없는 생각 그만하고, 분위기 좋은 영화라도 골라 두라고."

'미키지마 선배는 이 얄팍하고 부연 감정의 껍질 같은 것과는 연이 없이 살아가고 있겠구나.' 하고 나는 생각했다. 그 바다 밑바닥 같은 눈동자는 눈에 보이는 것만 적확하게 이해하는 게 가능할 터였다.

나는 어떨까? 실로폰만큼 이러쿵저러쿵 고민하는 타입은 아니지만, 그렇다고 해서 미키지마 선배처럼 냉정한 것도 아니었다. 그래서 예전부터 내겐 없는 냉정한 판단력을 가진 명탐정에 대한 동경이 강한 걸지도 몰랐다. 그리고 추리연구회와 혼동해 이 기묘한 동아리에 당도하고 만 것이다.

　내가 실로폰이었더라면, 아마 사고를 정지시킬 것이다. 그건 어떤 의미로는 망상으로 돌진하는 실로폰보다도 겁쟁이 같은 짓일지도 모른다.

　"그러고 보면, 밤중에 술판은 어떻게 할 거야? 역시 빠질 건가?"

　"아, 밤부터는 합류할…… 아니, 어떻게 되려나요…….'

　미키지마 선배는 고개를 저으면서 "됐어. △표시 해 둘 테니까 좋을 대로 해."라고 말하고는 일어섰다.

　"서, 설마 강의에?"

　내가 물었다. 미키지마 선배가 점심때 카페 에이스케에서 빠져나가는 건 정말 드문 일이었다.

　"넌 내 엄마냐? 나한테도 사적인 시간이 있다고."

　"……그런가요…….'

　'그러시겠지요.'라고 생각하면서도 왜 이렇게 입을 삐죽거리는 거냐, 나는. 미키지마 선배가 가고 난 뒤, 폭 내쉰 한숨이 실로폰의 한숨과 겹쳐졌다. 사랑에 막 빠진 실로폰은 조금은 유치해 보이면서도 어른스러워 보이기도 했다.

　사랑은 사람을 바꾼다. 왜인지 조금 부러운 기분이 들었다.

* * *

　도케이 전 날 아침은 푸르른 5월이었다. 아침부터 가미노미야 구장 앞에서 수많은 학생 동아리가 돗자리를 깔고 자리를 잡고 앉았으나, 그 가운데서 병을 돌려 가며 술을 마시는 자릴 잘못 찾아온 게 아닌가 싶은 한 무리가 눈에 들어왔다. 다름 아닌 우리 취연이었다.

　부회장인 오야마 선배는 "아침부터 마시는 건 격이 떨어지니까 관두자고."라고 다른 부원들에게 말하면서도 한 손에 캔 맥주를 꽉 쥐고 있었다. "그건 술이 아닌가요?"라고 물으니 "이건 맥주."라는 영문 모를 대답이 돌아왔다.

　금발의 데무라 선배는 종이로 만든 대(臺)를 가지고 와서는 '통통 스모*' 대회를 하자면서 패거리를 모아 아침부터 한바탕 흥을 내고 있었다. '미키지마 선배는 어디에 있는 거지?' 하면서 찾고 있노라니 무리에서 덜어진 곳에서 다름 아닌 남자 교복을 입은 사람과 이야기를 나누고 있었다. 이윽고 이쪽으로 돌아왔다.

　"아는 분이세요?"

　"응. 수험 준비할 때 옆자리에 앉았던 애야. 그때 이후로 계속 관계를 이어오고 있지."

　"응원부 소속이에요?"

　"그래. 응원부 부주장 사이고로 말할 것 같으면 도케이 전의 명물이라고도 할 수 있는 남자야."

---

* 손가락으로 종이를 튕겨 상대방의 종의 패를 넘어뜨리는 일종의 보드게임.

"호오…… 명물인가요!"

그건 정말이지 흥미가 동했다.

"그건 그렇고, 저, 아까부터 1, 2학년 애들 상태가 슬슬 이상해지는 것 같은데요. 뭐랄까, 지나치게 들떠 있다고나 할까."

"흥에 겨워 있고만. 좋은 술을 넣어 준 보람이 있었어."

미키지마 선배는 이렇게 말하면서 빙긋 웃었다. 안 좋은 예감이 들었다.

"……저어, 저기서 돌리고 있는 병의 정체는……."

"저건 스피리터스. 알코올 도수 90% 이상인 술이지. 취급하는 데 신경 쓰는 게 좋아."

무서운 사람. 고양잇과 동물이 집고양이에서 사자까지 있는 것처럼, 술도 술집에서 사랑받는 것부터 무서운 것에 이르기까지 다양하다는 사실을 이 한 달 동안 대체로 알게 되었으나, 이 정도로 얼굴에 쥐가 날 것 같은 놈은 지금껏 만난 적이 없었다.

우선 냄새부터 상당히 자극적이었다.

"마셔 봤어?"

"아니요."

"혓바닥이 찌릿찌릿한다고."

재미있다는 듯 말하고 미키지마 선배는 웃었다.

"미키 선배는 드셨어요?"

"아까 한 잔 꽉 채워 마셨으니 오늘 하루는 혀가 도움 안 되겠지."

나는 혓바닥보다는 오늘 선배가 도움이 안 될까 걱정이었다. 미키지마 선배는 얼굴은 전혀 변하지 않는데 어느 틈엔가 필름이 끊기거나 실종되어 버리곤 했다. 중간의 '알딸딸한 상태'가 없었다. 그래서 깨달았을 땐 이미 손쓰기에 늦어 버린 상태이곤 했다.

"우와, 장난 아닌걸, 이 날씨."

태양이 무자비하게 취연 부원들을 비추고 있었다. "너무 띄웠는 걸." 하고 중얼거린 미키지마 선배의 예언대로 야구 관전을 하러 도착하기 직전에 오야마 선배 집으로 실려 가는 녀석들이 여섯 명이나 나오는 참사가 벌어졌다.

겨우겨우 행렬이 나아가 티켓을 손에 쥐었을 땐 이러쿵저러쿵 해서 동아리 부원은 여섯 명밖에 남지 않은 모양새였다. 그래서인지 어떻게든 구장에 들어가 자리를 잡았을 때 미키지마 선배는 깊은 잠에 빠져 버렸다.

"이 녀석, 아침부터 자리 잡으러 다닌 탓에 어쩔 수 없어."

오야마 선배는 그렇게 말하면서 이미 관심은 마운트로 쏠려 있……는 게 아니라 치어리더 석에 향해 있었다.

"저 치어리더들이 갈고 닦은 기예를 보는 게 즐거움이라고, 나한테는."

오야마 선배는 그렇게 말하고는 연지색 유니폼을 입은 치어리더들에게 탐미적인 시선을 쏟고 있었다. 확실히 처음 보는 나조차도 치어리더들의 선연한 움직임에 눈을 빼앗길 정도였다. 우선 아크로바틱한 기예를 차례차례 선보이면서도 끊임없이 미소를 짓고 있다는 게 그 무엇보다 놀라운 일이었다. 가만히 있어도 잘 웃지 못하는 나 같은 사람 입장에서 보면 거의 신비의 영역이었다.

구장의 1루 측이 도야마 대학 응원석, 3루 측이 게이주쿠 대학 응원석이었다. 시합이 시작하기 전에는 각 학교의 치어리딩부와 응원부의 응원 경합이 벌어졌다.

절도 있는 자세로 손끝까지 모든 신경을 동원해 선창하는 그 모습은 처음 보는 학생마저도 매료하는 독특한 위풍을 갖추고 있었다.

"벌써부터 이런 거에 감탄하면 안 돼, 술잔. 지금 지휘를 하는 건 2학년들이고, 앞으로 간부급이 등장할 건데 움직임의 예리함이 또 전혀 다르다고."

오야마 선배가 말했다.

"그, 그런가요. 두근두근."

"'두근두근'이라고 입 밖으로 내는 사람 별로 없지 않냐."

오야마 선배는 이런 말을 진지한 표정으로 하니까 재미있다고 생각하고 있자니, 옆에서 데무라 선배가 끼어들었다.

"우와, 역시 치어리더들의 미니스커트가 구장을 지배하고 있군."

직설적으로 그 부분만을 칭찬하더니 다시금 통통스모에 열을 올렸다. 불타는 것 같은 하늘 아래서 하는 통통스모에 어떤 즐거움이 있는지는 분명 해 본 사람만이 알겠지. 알고 싶다는 생각은 안 들지만.

"오, 시작한다."

주위의 와자지껄한 환호성에 드디어 미키지마 선배가 일어났다. 그러고는 프로그램 지를 확인하더니 왜인지 "흐음." 하고 감탄하듯 내뱉고는 쭉 기지개를 켰다.

"자, 노볼이다."

"노볼이라뇨?"

"마사오카 시키 말이야. 그는 자기 어릴 적 이름 노보루(升)에서 따와서 야구를 '노볼*'이라는 아호(雅號)로 불렸지."

"호오호오."

"그밖에도 사구(포볼)라든가 비구(뜬공) 같은 야구 용어를 번역했으니, 오늘날 야구 보급에 한몫했다고 할 수 있지."

"헤에, 시인이 야구에…… 몰랐네요."

"그건 그렇고."

그렇게 말하며 미키지마 선배는 창공을 올려다봤다.

"이렇게 푸르른 날에 도케이 전을 놓치다니, 실로폰은 바보로군. 뭐, 사랑이란 게……을……만든다지만."

"네? 죄송해요, 안 들렸어요, 주변 소리 때문에."

한층 더 환호성이 커진 것이다. 보아하니 응원부 간부급이 등장했다. 미키지마 선배가 얼굴을 가까이 대더니 귓전에 대고 말했다.

"사랑은, 사람을, 바보로 만든다고."

"아아."

귀에 미키지마 선배의 숨결이 와 닿았다. 그걸 의식하지 않으려고 할수록 왜인지 묘하게 신경이 쓰였고, 그러고 있노라니 주변의 환호성은 시끄러울 터인데도 꽤나 멀리에서 울리는 것처럼 들렸다. 귀는 어떤 소리를 우선시할 건지를 자유자재로 정했다. 어떤 스피커보다도 뛰어났다.

그리고 익숙해지니, 이상하게도 미키지마 선배의 목소리만이 귀에 들어오도록 조정이 되었다.

---

* 일본식 발음상으로는 노보루이며, 야구(野球)에서 야(野)의 발음인 '노'와 구(球)를 의미하는 볼(ball)을 합성한 것.

"마사오카 시키의 시구절 중에 '사랑 모르는 고양이처럼 공놀이'라는 게 있어. 야구에는 사랑을 잊게 만드는 힘이 있는 거지."

"그렇군요. 실로폰한테 설교라도 해 주고 싶네요, 진짜."

말하기 무섭게 한층 더 큰 환호성이 일었다.

응원석 맨 앞 단상에 아까 미키지마 선배와 이야기를 나누고 있던 사이고의 모습이 보였다. 그는 갑자기 거대한 무를 꺼내 들었다.

"학생들 주목! 게이주쿠 대학의 응원단 색은 흰색이다! 그리고 이 무도 흰색이다! 지금부터 이 무를 10초 만에 먹어 치워 버리겠다!"

진심인 걸까. 응원석은 뜨겁게 달아올랐지만, 성공하지 못하면 어쩔 심산인 걸까. 순간, 옛날 아역 배우 시절의 일이 뇌리를 스쳤다. 울어야 하는 장면에서 울지 못하는 때의 기분 나쁜 긴장감이 되살아나, 정신을 차리고 보니 손바닥에 땀을 쥐고 있었다.

"사이고의 '무 갈아 마시기'는 꽤나 이름난 명물이라고."

"무, 무 갈아 마시기요?"

"보라고, 자, 시작했다."

객석에서 카운트다운을 시작했으나 워낙 빠른 속도에 다들 카운트를 도중에 멈췄다. 사이고는 고속으로 턱을 세밀하게 움직여 마치 전동 무 갈이 기계라도 된 것처럼 무를 분쇄해 입에 넣어 버렸다. 한순간 침묵이 지나고 어마어마한 환호성이 일었다.

그때, 단상에 새로운 인물이 올라섰다. 그걸 본 나는 나도 모르게 아연실색했다. 리젠트* 스타일의 머리를 한 여성이 남성용 교복을

---

* 앞 머리카락을 높이 위로 빗어 올리고 옆머리를 뒤로 빗은 남자 머리 모양.

걸치고 등장한 것이다.

"저 사람, 이나바라고 올해 주장인 것 같더라고."

"주…… 주장이라니, 여, 여자인데 말예요?"

"주장이 된 모습을 보는 건 처음인데 꽤나 모양새가 갖춰졌네.

단상 중앙에 이나바 주장이 서자, 응원부가 지금까지는 없던 오라를 뿜기 시작했다.

"좋아, 가자고! 3·3·7 박자 디럭스!"

위세 등등한 여자 목소리와 함께 구장의 열기는 5월의 창공을 불태울 기세를 보이기 시작했다.

* * *

나는 야구 규칙을 거의 모른다. 그저 우리 쪽에서 안타가 나오거나 홈런을 쳤을 때, 수비할 때 각각 부르는 응원가가 달라 거기에 따라 전개를 예상하면서 어찌저찌 즐기고 있었다.

잘 모르는 채로 이래저래 노래를 부르면서 어깨동무를 하기도 하는 등 대소동이 벌어지는 가운데 9회 말이 되었다. 시합은 도야마 대학이 6점, 게이주쿠 대학이 8점으로, 2점을 내준 상태에서 투아웃 2루, 3루였다. 여기서 등판한 사람이 4번 타자 나가이라는 선수였다. 이 용모가 수려한 4번 타자를 볼 때마다 나는 실로폰을 걱정하게 만든 원인이 문득 생각났다.

야요이의 전 남친이 선수 중에 있는 게 아니냐는, 예의 그 말이었다. 물론 나가이라는 선수의 용모가 발군할 뿐이지, 다른 누군가가 야요이의 전 남친일 가능성도 있었지만 말이다.

이 나가이 선수가 오늘은 쳤다 하면 안타거나 홈런이라 어쨌든 눈에 띄었기 때문에 자연스럽게 연결 짓는 것도 당연한 일이었다.

타석에 선 나가이 선수에게 거는 응원석의 기대도 당연히 높았다. 오늘의 마지막 타자가 될지도 모르는 중요한 국면이었다. 응원부도 치어리딩부도 한 덩어리가 되어 땀을 비 오듯 쏟으며 응원가를 선창하고 있었다.

스트라이크, 스리 볼. 이걸 풀카운트라고 하는 것을 옆에 있던 미키지마 선배에게 듣고 알았다. 다음번에 헛스윙이면 그대로 끝이었다. 그야말로 절체절명의 순간이었다. 마른침을 삼키면서 지켜봤다.

그러자…….

깡! 경쾌한 소리가 나더니 타구는 저 멀리까지 뻗어 나가 수비의 머리 위를 날아 라이트스탠드를 직격했다.

짜릿한 역전승으로 우승이 결정된 순간이었다.

응원부도 치어리딩부도 울면서 기뻐하며, 손을 맞잡고 있었다. 마지막은 또다시 옆 사람과 어깨동무를 하고 대학 교가를 열창하면서 막을 내렸다.

그렇지만 행사는 여기서 끝난 게 아니었다.

여하간, 우승을 해 버린 것이다.

"어…… 대학까지 걷는다니…… 지, 진심인가요?"

"물론 진심이다."

도케이 전은 대학 리그전의 마지막 날. 그리고 이날 도야마 대학이 리그 우승을 한 경우, 당연히 도야마 대학 응원석에 있던 모든 학생이 도야마 대학까지 퍼레이드를 하면서 걷는다는 게 아닌가. 그런 정신이 아득해지는 얘기는 아닌 밤중에 홍두깨였다. 가미노미야 구장에서 도야마 대학에 도착할 무렵엔 한 밤 8시쯤 될 터였다.

그것도 우리 취연 같은 경우엔 사 온 소주와 위스키를 마셔 대면서 대열을 지어 천천히 걸어간다는 걸 들으니, 그 여정이 지옥길을 걷는 것과 진배없으리란 사실은 분명했다.

'세상에 맙소사.'라고 생각하고 있노라니 휴대전화 진동 소리가 가방 안에서 들려왔다. 꺼내 보니 화면에 실로폰이라고 세 글자가 떠 있었다.

"여보세요?"

벌써 브라스밴드의 퍼레이드 연주가 시작된 탓에 큰 소리로 그렇게 소리쳤다.

"다들…… 지금 어디야?"

묘한 목소리였다. 약간 코가 맹한 소리였다. 마치…….

"실로폰, 울고 있어?"

"……안 왔어, 야요이 씨 안 왔어어…….'

울고 있는 건지 그냥 방언을 쓰고 있는 건지 판단이 서지는 않았으나 그의 마음이 외치는 건 와 닿았다. 일단은 현재 위치를 그냥 알려 준 뒤 전화를 끊었다. 옆에서 한됫병을 병나발 불면서 흥에 겨워 있는 미키지마 선배에게 귀띔을 했다.

"실로폰한테서 전화가 왔는데요…….'

"아요이가 안 나타난 건가?"

"네, 맞아요, 잘 알고 계시네요."

어떻게 안 거지?

아니, 그보다도…….

"왜 야요이 씨는 자기가 영화를 보고 싶다고 말해 놓고는 데이트를 펑크 낸 걸까요?"

분명히 모순된 행동이었다. 뭔가 급한 일이라도 생긴 걸까?

미키지마 선배는 그 말에 대답은 하지 않고, 그저 조용히 미소만 지었다.

"오늘 밤엔 고주망태가 될 때까지 술을 먹여 볼까."

그건 평소와 다를 게 없지 않느냐는 말을 삼키고 나는 미키지마 선배와 발걸음을 맞췄다.

* * *

이 행렬에 목적은 없었다. 있는 거라곤 환희의 여운이었다. 우리들은 흰 공의 행방에 덩실거리면서 묽어진 황홀감에 들떠 있었다.

어쩌면 인생이라는 건 이런 식으로 아무런 목적도 없이 그저 흘려보내지는 대로 살아가는 걸지도 몰랐다. 그렇다면 그걸로 나는 이렇게 줄줄 흘러 나갈 수 있어 행운인지도 몰랐다.

과연 알코올 도수 90%를 넘는 스피리터스는 알코올에 절대 취하지 않는 특이체질인 이 몸에도 다소간의 적절한 정신 해방을 가지고 온 것처럼 느껴졌다.

"저 처음으로 술에 취했는지도 몰라요."

기쁜 마음에 미키지마 선배에게 고하자 "그건 아마도 퍼레이드에 취한 거겠지. 술은 관계없는 것 같은데." 하고 일축해 버렸다.

"퍼레이드는 이유 없이 사람을 들뜨게 만들어. 처음엔 우승이라는 본의가 있었지만, 지금은 그저 둥실둥실한 기쁨이 있을 뿐이야. 그래도 그게 취기겠지. 그야말로 우리 취연이 참석하기에 딱이야."

"오오…… 부, 분명 그러네요. 그렇다고도 할 수 있겠네요."

"취하기 위해서 취한다. 취리연구회의 취지는 술을 마시는 게 아니라 다양한 것에 '취하는' 정신 구조를 분석하는 데 있어."

"그랬군요……."

"그럴 리가 있냐."

어느 쪽인 거냐. 그런 대화를 풀어 나가는 중 뚜렷하게 퍼레이드의 유쾌함과는 어울리지 않는 불경기의 아프로 머리가 나타났다. 이 정도로 마이너스의 오라를 뿜는 아프로 머리는 세상이 아무리 넓다고 해도 오늘만큼은 그밖에 없지 않을까.

실로폰은 마치 다른 사람인 것처럼 흐린 눈을 하고 있었다. 단 하루 만에 다섯 살은 폭삭 늙은 것같이 보였다.

"오늘 하루 종일 영화관 앞에서 기다렸단 말이여."

아스팔트에 시선을 떨어뜨린 채 실로폰은 속닥속닥 알아듣기 힘든 사투리로 그렇게 말했다. 충격을 받으면 쓰가루 방언이 나오는 체질인 듯했다.

"점심도 안 먹고?"

"그렇지만 말이지, 점심 먹는 중에 오면 어뜩해."

"연락처 몰라?"

"알아. 근데 계속 전원이 꺼진 상태라고."

이건, 차였구먼…….

얘길 듣고 달리 생각할 방도가 없었다.

그러나 굳이 입 밖에 내지 않고 있노라니, 데무라 선배가 무신경하게 "차였네, 축하해."라면서 악수를 청했다.

실로폰이라도 이 말에는 화내는 게 아닐까 생각했으나, 화낼 기력도 없는지, 오히려 최후통첩을 받은 듯한 절망적인 표정을 짓고 있었다.

미키지마 선배까지 "안심해. 여자라면 여기에도 있잖아."라며 나에게 손가락질을 했다.

"아, 저기, 저, 저는 말이죠…….."

우물쭈물 말하고 있자니 "야요이 씨랑은 델 게 못 되죠!"라는 실로폰. 비교당해도 난처하다만, 제멋대로 제외당하는 것도 썩 내키진 않았다.

"그렇게 말하는 건 실례가 아닐지……."라고 쭈뼛쭈뼛 말하고 있노라니 미키지마 선배가 문득 생각이 났다는 듯 작은 목소리로 내게 물었다.

"그러고 보니, 최근에 에리카 양 잘 지내?"

"……글쎄요?"

에리카 양에 대해서는 약간 신경이 쓰이고 있었다. 그러나 그 사건 이후 왠지 모르게 말을 걸기 어려워졌고, 에리카 양은 에리카 양대로 부끄러움을 느꼈는지 인사 이상으로 말을 걸어오지 않고 있었다. 지금은 역사연구회 사람들과의 교류가 중심인 것 같아, 머잖아 소원해질지도 몰랐다.

"뭐, 한 가지 말할 수 있는 건 대학 생활은 이제 막 시작했을 뿐이라는 거지. 너도, 너도."

잘 이해가 가지 않는 결론을 내리며 미키지마 선배는 나와 실로폰의 머리를 각각 헝클어 놨다.

"더는 안 돼. 저, 살아갈 수가 없어요."

"속단하지 말라고, 청춘. 아직 모든 걸 단정하기엔 일러."

미키지마 선배의 말.

"그렇지만 데이트가 펑크 난 건 변하지 않는 사실이라고요?"

실로폰은 반쯤 읍소했다.

나는 생각난 의문점을 정직하게 실로폰에게 전하기로 했다.

"그렇지만 처음부터 안 올 생각이었다면, 약속을 안 하면 될 일 아냐?"

"필시 마음이 바뀐 게 분명해."

미키지마 선배는 자못 심각한 표정을 지었다.

"역시나……."

실로폰은 어떻게 더 떨어뜨릴 수 없을 정도로 추욱 어깨를 떨구었다.

그러자 미키지마 선배가 이렇게 말했다.

"이봐 실로폰, 좋은 걸 알려 주지. 진실이라는 건 본인에게 직접 물어봐야만 알 수 있는 경우라는 것도 있다고. 나는 나쓰메 소세키에게 묻고 싶은 게 산처럼 많지만, 안타깝게도 그는 이미 이 세상 사람이 아니지."

그 말에 일리가 있다고 생각하면서도, 나는 끼어들었다.

"그렇지만, 혹시 정말로 바람을 피운 경우에는 '바람 피워?'라고 묻더라도 '응.'이라곤 대답하지 않잖아요?"

"말 안 하겠지. 그런 건 물으면 안 되지."

"어…… 그거는 모순된 것 같은데……."

"아니야. 바람은 방구랑 다를 게 없다고. 부러 묻지 마."

할 말을 잃은 나를 방치하고 미키지마 선배는 달려 나가기 시작했다.

"보라고, 벌써 대학이 보이기 시작했어!"

나는 미키지마 선배의 사생활이 엄청나게 신경 쓰이기 시작했다.

* * *

대학 건물에 도착했을 때였다.

사소한 몸싸움이 벌어졌다. 이와쿠마 동상 앞에 마련된 무대 옆에서, 주장인 이나바 씨와 부주장인 사이고 씨가 드잡이를 벌이고 있었다. 아무래도 이나바 씨가 시계를 가리키면서 뭔가를 호소하고 있는 걸 사이고 씨가 달래고 있는 것 같았다. 그러나 다투는 시간은 그리 길지 않았다. 금세 정리되더니 이나바 씨는 무대에 올라 오늘의 마지막을 마무리 짓는 「컴뱃 마치」*를 개시했다. 그 호령과 함께 퍼레이드의 황홀감에서 흰 공이 밝힌 정열의 불씨가 다시금 불타올랐다.

치어리더들의 눈부시고 화려한 여흥에 따라 장내의 흥분은 최고

---

* 고교 야구 등에서 응원단이 연주하는 행진곡.

조에 달했다. 그때 단상에 나타난 게 오늘 활약한 선수들이었다.

실로폰은 그때까지 건물 구석에서 무릎을 끌어안고 앉아 얼굴을 파묻고 울고 있었으나, 야구 선수들이 올라갈 순서가 되자 원망스럽다는 몸짓으로 다가왔다.

"이 중에 누군가가 야요이 씨의 남친인 게 분명해."

"그렇다고 단정 지을 수는 없지."

미키지마 선배가 어깨를 두드리며 달래는 듯한 어조로 말했다.

"야요이 씨는 전 애인이랑 같이 야구 관전을 했을 뿐인지도 모르잖아. 가능성은 하나가 아니니까, 그렇게 낙담하지 말라고."

오히려 낙담할 것 같은 대사였다. 차라리 분노를 향할 곳이 명확한 쪽이 실로폰으로서도 마음이 편했을 텐데.

한편 나는 '그런가, 전 남친이랑 관전하는 것도 가능성이 있을 법도 하네.'라고 내심 생각했다. 그러나 실로폰의 표적은 이미 눈앞의 야구 선수에게 고정돼 있었다. 그중에서 가장 용모가 수려한 나가이 선수에게.

"흐음……. 야요이 씨 정도로 멋진 여자의 전 남친은…… 분명 저 녀석이다!"

실로폰은 그렇게 말하더니 갑자기 달려 나갔다.

"낭패다, 무대에 난입할 생각인 거야."

미키지마 선배는 인파를 가르면서 실로폰의 뒤를 쫓았다. 무대에 거의 다다른 실로폰의 양다리를 잡고 뒤로 홱 당기자, 실로폰은 그대로 앞으로 고꾸라졌다.

응원부의 간부 학생 같아 보이는 집단이 경비원처럼 다가왔다.

"네 녀석, 뭐하는 놈이냐!"

"미안, 얘 내 후밴데. 우리가 알아서 할 테니까."

미키지마 선배가 사이에 끼어들었다.

"신성한 우승 무대를 뭐라고 생각하는 거야!"

굳은 표정을 한 이 사람도 꽤나 열이 받은 듯한 모양이었다. 그러나 다음 순간, 그의 머리 위로 물이 쏟아졌다. 굳은 얼굴의 단원과 엎어진 채였던 실로폰은 물에 젖었고 미키지마 선배도 비산한 물을 약간 맞았다.

양동이를 들고 나타난 건 이나바 주장이었다.

그녀는 씩씩한 표정으로 말했다.

"뒤는 이분께 맡기지. 응원부원으로서의 자신의 역할을 잊으면 안 되지. 울고 싶은 건 아니겠지?"

그렇게 단원을 조용히 질책하더니, 미키지마 선배에게 고개를 깊이 숙였다. 미키지마 선배는 싱긋 웃고는 "저희도 소란스럽게 굴어 죄송합니다."라며 고개를 숙였다.

실로폰은 흠뻑 젖은 몸을 천천히 일으켰다.

그때 이나바 주장은 무언가가 생각났다는 듯이 황급히 발걸음을 돌려 무대 뒤쪽으로 사라졌다.

그 자리에 뒤늦게 부주장인 사이고 씨가 나타났다.

"이봐, 하나비시, 이분은 유서 깊은 취리연구회의 제29대 회장이시라고."

"뭐…… 뭐라고요, 그 전설적인 취연의……!"

뭐가 전설인지는 잘 모르겠으나, 무서워서 벌벌 떨고 있는 모습이었다.

하나비시라고 불린 군은 면상의 그 장정은 깊이 고개를 숙이면서 자신의 무례함을 사과하기 시작했다.

"사과하는 의미를 담아 오늘 밤엔 나중에 그쪽 술자리에 실례 좀 해도 될까?"

그렇게 묻는 사이고 씨.

"우린 전혀 문제없지. 고주망태가 될 각오를 하고 오라고."

미키지마 선배는 그렇게 말하고는 미소를 지으면서 넋이 나간 실로폰을 끌고는 무대에서 멀어졌다.

그 뒤를 쫓으면서 5월 밤바람을 문득 느꼈다. 아아, 더는 봄이 아니구나. 희미하게 끈적거리는 여름 향기가 배어들어 있었다. 뭐라고 말로하기 어려운 초조함. 그리고 문득 생각했다. 나 역시 '고독인가 연애인가 병'에 걸린 건 아닐까, 하고.

* * *

도케이 전 이후 뒤풀이는 이자카야 '왓쇼이'에서 이뤄졌다. 지하에 있는 이 가게는 바깥세상과는 완전히 단절된 다른 세계로, 거의 무법지대에 가까웠다. 그렇다고는 해도 도둑질이나 살인 같은 일이 벌어지는 게 아니라 극히 건전하게 모두들 술을 마시고 있으나, 그 방식이 어지간히 진지하기 그지없다는 이야기였다.

밤자리 참석자는 낮자리 참석자의 다섯 배로 불어났다. 이유는 졸업생들이 참석하기 때문이었다. 평소엔 좀처럼 얼굴을 비추지 않는 사회인들이 이때다, 하고 집결해서 학생들과 잔을 나누었다. 나이 듦도 젊음도 남자도 여자도, 공통된 화제도 뭣도 없이 뭐가 어찌되었든 술을 마셨다.

나는 모르는 졸업생 두 사람 사이에 껴서 이름도 알지 못하는 채로 술 상표에 관한 강의를 벌써 한 시간째 듣고 있었다. 슬슬 미키지마 선배에게 구원을 받을 수는 없을까 아이컨택을 시도했으나 전혀 눈치 채지를 못하고 시간만 흘러갔다.

오야마 선배는 여기저기 졸업생 테이블 사이를 오가는 와중에 제대로 술 대결에도 응하는 임기응변을 부리면서 바삐 움직이고 있었다. 데무라 선배로 칠 것 같으면 정좌하고 졸업생에게 설교를 듣고 있었다. 미키지마 선배는 넌지시 졸업생들과 거리를 두고 홀로 조용히 마시고 있었다. 그렇다고는 해도 그냥 빠져서 농땡이를 부리는 게 아니라 무언가 대담한 표정으로 닥쳐올 사태에 대비하고 있는 듯했다.

이렇게 생각하고 있노라니 갑자기 흰 남자 교복을 걸친 남자들이 난입해 왔다. 다 해서 스무 명은 될 것 같은 남자들이 불콰한 얼굴로 등장했다. 아무래도 게이주쿠 대학 응원단 사람들인 것 같았다.

노리는 건, 이미 20분 정도 전부터 게스트로 참석해 있는 사이고 씨인가.

"학생 주목!"

대표 격인 것 같은 사람이 이름을 대자, 그걸 미키지마 선배가 재빨리 제지했다.

"기다려, 졸업한 선배도 계신다고!"

"시, 실례했네."

그 즉시 대합창이 시작됐다.

"취, 취, 취취취취, 취하면 멋진 이치가 보인다.

취, 취, 취취취연, 마시면 당신도 이치가 보인다."

노래를 부르면서 건네준 것은 특대 소주병. 흰 남자 교복 차림의 남자들이 차례차례 릴레이로 돌아가면서 마셨다.

처음의 무서운 태도는 이걸로 완전히 사라졌는지, 술이 생각보다 더 들어간 건지 하고 나는 코를 가볍게 킁킁거렸다가 '어라?' 하고 생각했다. 이 냄새는…….

그때 미키지마 선배의 표정을 보니 빙긋빙긋 웃고 있었다. 아무래도 아까 소주병의 내용물은 스피리터스인 듯했다. 당연히 다들 꽤나 비틀비틀거리고 있었다.

"도케이 전은 졌다. 그러나, 밤의 도케이 전은…… 우욱…… 우리들이…… 읍…… 어이, 사이고! ……우욱…….."

그때 사이고 씨는 스윽 일어나더니 "밤의 도케이 전도 우리들이 접수하지."라고 선언했다.

초장에 꺾여 버린 게이주쿠 대학 응원부 사람들은 흐느적거리면서 서 있는 것조차 버거워 보였다.

미키지마 선배는 일어서더니 스피리터스가 든 병을 빼앗았다.

"공정한 승부를 하지."

그러더니 게이주쿠 대학 멤버 스무 명이 나눠서 마신 양만큼을 혼자 병나발을 불더니 비워 버렸다.

"이걸로 공정해졌으려나?"

미키지마 선배의 안색은 조금도 변화가 없었다. 마치 아무런 일도 없었다는 듯 선배는 싱긋 미소 지었다.

흰 남자 교복을 입은 일행의 표정에 패색이 배어났다.

그들은 경례를 하더니 "오, 오늘은 이만 물러가지!"라고 선언하고는 비틀거리며 나갔다.

그걸 지켜보고 나서, 미키지마 선배는 천천히 쓰러졌다.

* * *

미키지마 선배가 다다미에 쓰러진 뒤 한 시간이 지났다.

술자리는 드디어 끝이 보이는 것 같았다. 이즈음 되니 몇 번이나 대학 교가를 열창했는지 모르겠으나 모두 목이 가 있었다.

계속해 음울한 오라를 뿜어 대던 실로폰은 술자리가 시작되기 무섭게 미키지마 선배가 고주망태를 만들어 놔서, 지금은 완전히 꿈나라 속이었다. 내 오른쪽 옆에서 테이블에 푹 엎드려서 쿨쿨 자고 있었다.

"그건 그렇고, 아가씨도 엄청난 동아리에 들어왔네."

시뻘건 얼굴의 사이고 씨가 내 왼편에 오더니 말을 걸었다.

"네, 정말요."

나는 대답했다.

사이고 씨는 얇은 옷차림으로 자고 있는 실로폰이 감기에 걸리지 않게 교복을 걸쳐 주었다.

"응원부에 온다면 얼마든 환영할게. 아가씨 같은 미인은 특히 말이지."

"아하하, 과찬이세요."라며 서투른 인사치레를 하면서 "그래도 확실히 이나바 주장을 동경하게 되네요."라고 말했다.

그러자 사이고 씨는 숙연한 표정을 지었다.

"아아. 그 녀석 분명히 대단하기는 한데, 지금은 좀 신경질적인 시기야."

"신경질적……인가요."

"뭐, 여러 가지로 말이지."

어라, 이 사람, 설마 이나바 주장을 좋아하는 걸까.

다양한 곳에서 다양한 사람이 연애를 했다. 그게 5월이라는 것 같았다. 분명히 미키지마 선배가 말한 대로였다. 5월병은 가공의 생물을 낳고, 그 여백을 메우려는 듯 다들 사랑에 빠진다.

좋아, 조금 조사를 해 볼까.

"사이고 씨는 혹시 좋아하시는 분이라도……."

그렇게 말문을 열려고 보니, 뭐야, 사이고 씨도 잠들어 버린 게 아닌가.

'이런이런.'이라고 생각하면서 가게 안을 둘러보고는 흠칫했다.

정신을 차리고 보니 연회석은 거의 전멸 상태였다.

불타는 하늘 아래서의 응원 더하기 술 더하기 도보의 피로가 몰려온 걸까? 아니아니, 모든 게 흰 공이 만들어 낸 신기루 같은 게 분명했다.

그때, 이나바 주장이 등장했다.

그녀는 아까와 다를 것 없는 리젠트 머리에 남자 교복 차림으로 씩씩하게 들어오더니, 가게 안 상황에 쓴웃음을 지으면서도 머뭇거리지 않고 이쪽으로 다가와서 목례를 했다.

"우리 쪽 단원이 실례를 저지른 건 아닌지?"

"아, 아뇨, 전혀요."

"다행이네. 당신들에겐 폐를 끼쳤어. 그럼, 이건 데리고 갈게."

그렇게 말하고 그녀는 교복을 걸친 그 사람을 가볍게 어깨에 짊어지고 나갔다. 나도 모르게 얼굴이 빨개질 정도로 멋있었다. 그런데…….

"아, 잠깐, 그 사람은…….'

입을 뗀 내 손을 무언가가 꽉 쥐었다.

그건 내 등 뒤에서 자고 있던 미키지마 선배의 손이었다.

선배는 입술에 검지를 대고 있었다. '아무 말도 하지 마.'라는 것 같았다.

이나바 주장은 그대로 교복을 입은 '단원'을 데리고 돌아갔다.

그녀가 떠난 뒤 미키지마 선배에게 물었다.

"괜찮은 거예요? 저거, 실로폰이잖아요."

그랬다. 이나바 주장은 교복을 입고 단원처럼 보이는 실로폰을 데리고 가버린 것이다.

"괜찮잖아? 하고 싶은 말도 많을 테고. 오늘은 데이트인데 하루 종일 바람맞히기도 했으니까."

"……네?"

나는 사태 파악을 못하고 잠깐 동안 멍하게 입을 벌리고 있었다.

그런 나를 미키지마 선배는 재미있다는 듯이 보면서 "된장국이 먹고 싶군."이라고 말했다.

선배는 손을 들어 점원을 부르고는 된장국과 구운 주먹밥을 주문한 뒤 나를 보고 고쳐 앉았다.

"이제 슬슬 답을 맞혀 볼까? 실로폰이 연모하는 사람은 왜 도케이전을 거부하면서까지 영화를 보자고 해 놓고는 끝끝내 그 데이트를 펑크 냈을까."

나는 다시 한 번 출입구 쪽을 봤다.

"저…… 설마, 이나바 주장이…… 실로폰이 연모하는 사람?"

미키지마 선배는 묵묵히 입가에 의미심장한 웃음을 폈다.

오늘 밤 역시, 바다 밑바닥 같은 눈동자를 가진 남자가 풀어내는 취리에 귀를 기울이게 될 것 같았다.

* * *

"응원부 주장 이나바 야요이, 아오모리 현 쓰가루 출신. 평상시엔 명수들을 통솔하는 잔 다르크도 오프에선 평범한 여자지. 대학 안에서와는 달리 귀성길에는 평소처럼 러프한 차림이었을 거야. 그리고 둘은 완행열차 안에서 사랑에 빠졌다."

뜨거운 된장국을 홀짝이면서 미키지마 선배는 그렇게 말했다.

나는 구운 주먹밥을 먹으며 물었다.

"왜 아요이 씨는 오늘 일부러 데이트를 잡았죠? 다른 날로 피했으면 좋았잖아요."

"그럼 안 될 테니까. 아직은 자기가 응원부 주장이라는 사실을 실로폰에게 말하지 않았던 거야. 만일 오늘이 아닌 날로 데이트를 잡으면, 실로폰은 다른 누군가, 이를테면 우리들이랑 도케이 전을 보러 갔을지도 모를 일이니까."

"말을 안 했던 거군요."

"그래. 그렇기 때문에 무슨 일이 있어도 실로폰은 오지 않았으면 했을 거야."

"아, 그래서 이와쿠마 동상 앞에서⋯⋯."

그랬다. 그때, 이나바 주장이 끼얹은 물을 맞은 실로폰이 고개를 들기 직전에 그녀는 실로폰의 존재를 깨닫고 황급히 물러났다.

"미키지마 선배는 언제부터 눈치 채고 계셨어요?"

"구장에 들어가기 전에 프로그램지를 나눠 주잖냐, 거기서 그녀의 이름을 보고 혹시나 했지."

생각이 났다. 잠에서 깬 미키지마 선배는 프로그램을 보면서 "흐음." 하고 중얼거렸다.

"으음. 확실히 실로폰은⋯⋯ 아요이 씨가 응원부 주장이라는 진실을 받아들였을지 어땠을지 미묘하네요."

"글쎄다. 그래도 이렇게 연인이 되어 간다면 비밀로 둘 수는 없지. 말한다면 오늘 밤일 거야. 어차피 실로폰이 품고 있는 말도 안 되는 의심을 풀어야만 할 테니까."

"오늘 밤⋯⋯인가요."

야요이 씨는 5월 별밤 아래 취기에서 깬 실로폰에게 조용히 모든 얘길 털어놓을 것이다. 실로폰은 그녀의 고백을 어떻게 생각할까?

"기분은 알겠는데 이렇게나 금방 털어놔야 할 거짓말을 할 필요가 있었을까요?"

"있고말고. 그녀는 아가씨 같은 마음에서 응원부라는 사실을 숨기고 싶다, 따위를 생각한 게 아니라고."

"어, 아, 아니에요? 저는 당연히……."

당연히 응원부 같은 남자다운 세계에 있는 게 부끄럽다든가, 그걸 비난받을까 겁내고 있다고 생각했다.

"그런 게 아냐. 그녀는 남자 교복을 입고 주장 일을 맡은 걸 부끄러워할 이유는 요만큼도 없었어. 그건 그녀에게 자랑거리일 뿐이야. 그러니까 비밀로 해야겠다는 등의 생각도 없었을 거라고 봐."

"비밀이 아니라면, 뭔가요?"

"마사오카 시키. '사랑 모르는 고양이처럼 공놀이.' 응원부에게 대학 야구란 신성한 무대지. 그런 구장에 연애 고민이나 가져가고 싶지 않았던 거야."

"아아……."

오늘 하루 종일 그녀의 늠름한 모습을 봤으니, 그건 이해할 수 있었다.

"대학 야구는 프로 야구보다 역사가 깊지. 대학 야구를 하나의 주형으로 삼아 고교 야구나 프로 야구가 파생된 거니, 일본 야구의 기본형을 만든 게 대학 야구라고 해도 과언이 아니야."

"그렇군요. 전혀 몰랐어요."

"그러니, 그걸 아는 사람의 눈에 어찌되었든 대학 야구는 꽤나 신성시되곤 해. 특히 응원부는 대학 야구와 대학 럭비 없이는 성립할 수 없는 집단이니 말이야. 게다가 응원부 주장이 여자라는 것만으로도, 주변에서는 무턱대고 색안경을 끼고 보지. 나이 든 졸업생 중에는 그녀가 주장으로는 적합하지 않다고 생각하는 사람도 있을지 몰라."

"확실히, 있을 것 같네요."

"더 나아가 그녀가 스탠드에 연인을 데리고 왔거나 했다간 주위에서 '거 봐라.'란 반응을 보였을 거야. 여자 따위를 응원부에 들이니까, 라는 둥. 게다가 중요한 우승 결정 시합에서 지기라도 하면, 무슨 얘길 들을지 모를 일이야. 그녀는 계속해 이런저런 압박과 싸우면서 그 단상에 섰던 거야. 좋아하는 남자가 관전하는 게 방해만 됐겠지. 그렇다곤 해도, 퍼레이드 이후 무대 개시가 늦어져서 정말이지 초조해하던 것 같지만."

그래서 무대 옆에서 사이고 씨랑 드잡이를 했던 건가.

"실로폰은 5월의 고독이 가공의 생물이라는 걸 분명하게 깨달을까요……? 한번 든 생각에 사로잡히는 경향이 좀 있어서."

"괜찮을 거야. 실로폰은 바보이더라도, 그녀는 바보가 아니니까."

과연. 그것도 이치에 맞는 말이다.

"그보다, 너, 아까 사이고가 '저 애, 예전 아역 배우 사카즈키 조코랑 엄청 닮아서 귀엽네.'라던데 어쩔래? 5월의 연애의 배에 올라탈 건가?"

"무, 무슨 소리예요, 그게."

그것도 사카즈키 조코랑 닮았다는 얘길 들어도 기쁠 리가 없었다. 내 본명이니까.

그런데 뺨은 어떻게 해도 뜨거워졌다.

"술 좀 부족한 것 같지 않아요, 미키 선배?"

"뭐냐, 부끄러운 거 감추겠다고 선배를 고주망태로 만들겠다는 거냐."

"노코멘트입니다."

미키지마 선배는 시계를 확인했다.

"좋아. 여기서 파하고 게메코로 갈까."

"그러죠. 문제는 여길 정리할 수 있을지 어떨지인데."

"흐음."

미키지마 선배는 벽으로 다가섰다.

그리고 그대로 눈을 감더니, 쌕쌕 숨소리를 내며 자기 시작했다.

이런이런.

아무래도 오늘, 술값 계산이 가능한 건 나뿐인 듯했다.

나는 미키지마 선배의 잠든 얼굴을 관찰하면서, 매화주 소다를 꿀 꺽꿀꺽 다 마셔 버렸다. 선배 말대로 나는 여전히 술에 취할 수 있을 것 같지 않았다.

그런데도, 오늘 이 느낌은 나쁘지 않았다.

조금만 더 젖어 있어야지.

구름처럼 몽글몽글한 환희가 감도는, 공에 취하는 이치에.

해변에 취하는
로직

넋이 흔들리고 있었다. 그건 쾌속 액티 아타미행 열차가 흔들리고 있는 탓은 아니었다.

우리 취연 부원들은 아침 일찍부터 도쿄 역에 모여 여름 MT를 위해 아타미로 향하고 있었다. 전날 MT 전야제니 뭐니 난리를 피운 듯, 남자들은 거의 대부분이 폭면하고 있었다.

차내에는 얼굴을 찌푸리고 싶어질 정도로 알코올 냄새가 떠다녀, 창밖으로 펼쳐진 푸르른 여름 풍경마저 그 술기운에 젖어 만취한 것처럼 보였다.

유일하게 멍하니 눈을 뜨고 있는 건, 옆에 있는 미키지마 선배였다. 선배는 내 얼굴을 슬쩍 보더니 말했다.

"왜 그래? 평소에도 절대로 명랑하지 않은 인간이 맘속 깊은 곳부터 어두운 표정을 짓고 있으면, 비가 내린다고."

"······."

미키지마 선배의 눈은 속일 수가 없는 모양이었다. 그렇다, 원인은 지난주에 벌어진 일이었다. 1학기 기말고사가 끝나고 카페 테라스에서 멍하니 있노라니 입학식에서 만난 이후로 우정의 불씨가 누그러져 온 에리카 양이 나타나, 대학을 관두고 고향으로 돌아가기로 했다고 말하는 게 아닌가.

'너한테는 말해 두려고 생각했어.'

벌써 자퇴 서류는 수리되었다고 했다. 그래서는 멈춰 세울 수도 없었다. 이럴 때 여자들끼리 응당 주거니 받거니 하는 얘기 말고는 대화다운 대화도 거의 나누지 못하고 있었는데, 다른 친구가 그녀를 불러 결국 이상한 미련이 남는 이별이 되었다.

뭔가, 조금씩 형태가 잡혀 가기 시작한 콘크리트 바닥이 실은 모래 위에 불과했다는 것 같은 어지럼증이 덮쳐 왔다. 그녀와 나 사이에는 4월에 있던 이례적인 사건 이후 작은 도랑이 생겨나 버렸다. 그 일이 새삼스레 아쉽게 느껴졌다.

퇴학을 결정하게 된 계기는 뭐였을까? 좀 더 가까운 사이가 되었더라면 조금은 달라지기라도 했을까? 그녀의 마음에 응해주지는 못했더라도 좀 더 다른 형태로 친해졌지는 않았을까.

그런 얘길 미키지마 선배에게 했더니 웃음을 샀다.

"그런 걸 교만함이라고 하지."

"교, 교만 부리지······ 않았어요."

"교만 부릴 생각은 아니었겠지. 그래도 자기랑 관계를 맺었더라면 결과가 달랐을지도 모른다는 발상은, 자기 자신을 과신하고 있단 얘기야."

"그렇게 심술궂게 얘기하지 않으셔도……."

"그게 나쁘다는 게 아냐. 사람을 구할 수 있다면 교만하게 구는 것도 나쁘진 않잖아. 문제는 네가 교만하게 구는 게 늦었다는 거지. 평소에 마구 교만하게 굴었더라면 이런 일이 벌어지진 않았을지도 몰라."

"으음음."

여러 사람에게 명랑하게 말을 거는 나 자신은 상상만 해도 엄청 기분이 나빴다. 상상만 했을 뿐인데 소름이 돋았다.

"뭐, 별반 근거도 없이 교만하게 구는 녀석도 좀 그렇긴 하다만. 반드시 당신을 행복하게 만들 수 있다고 주장하는 스토커가 많은 세상이니까."

"과연. 교만함에도 여러 가지가 있는 거군요."

"어려운 거야. 근거가 있는 교만함이 있느냐고 하면 그런 건 없어. 어차피 교만함이라는 건 결정적인 근거가 없는 거니까. 그래도 역시 좋은 교만함과 나쁜 교만함 사이에는 명확한 차이 같은 게 있다고 생각해. 이를테면 아역 배우로 활동할 때 네 연기를 보고 용기를 얻은 사람이 있지는 않았을까?"

그런 식으로 생각해 본 적은 없었다. 내 연기가 다른 사람의 인생에 영향을 미칠지 어떨지, 그런 발상 자체를 한 적이 없었다.

"아니, 그게, 딱히 그때라고 해서 제가 교만하게 굴었던 건……."

"'부모님 말씀에 따랐을 뿐입니다.'라는 건가?"

"네."

그럴까? 정말로? 자신이 없는 채 나는 고개를 끄덕였는데, 끝내 그게 간파당했다.

바다 밑바닥. 내가 마음속으로 그렇게 부르는, 빨려 들어갈 것 같은 눈동자로, 미키지마 선배는 내 얼굴을 들여다보고 있었다.

"뭐, 상관없어. 교만함이라는 건 결과론이기도 하니까. 사람들 앞에서 연기 좀 해서 돈을 받으려는 녀석들은, 본인이 어떤 의사로 그러고 있든 주변에서 보면 그냥 교만하게 굴고 있을 뿐이니까. 좋아하게 된 녀석도, 좋아하는 녀석도 교만하게 굴고 있잖아?"

"그런 건가요?"

"상대방이 좋아해 준다는 교만함, 상대방을 행복하게 해줄 수 있다는 교만함, 두 교만함이 들러붙어 배를 젓지. 교만함의 배를."

"오오, 뭔가 트로트 제목 같은데요."

미키지마 선배는 주먹을 쥐더니 트로트 가수처럼 얼굴을 찌푸려 보였으나, 이보다 더한 침묵이 있을까. 뭐야, 노래하는 시늉까진 안 해주는 건가.

"그러니까 요약하자면 교만함이라는 것도, 취하는 거야."

호호우. 손뼉을 쳤다. 미키지마 선배가 회장을 맡고 있는 이 동아리 취연은 정식 명칭이 '취리연구회'로, 취함의 이치에 일가견이 있는 사람들이 잔뜩 모여 있었다. 미키지마 선배는 그 대표 격인 셈이었다.

"술이든 뭐든 취할 수 있는 게 있으면, 사람은 비틀거리면서 나아갈 수 있어."

"그런 건가요."

"그러고 보면, 해변이라는 것도 사람을 취하게 만드는 힘이 있지. 난 「해변의 노래」라는 곡이 꽤나 좋단 말이야."

"'내~ 일~ 은 해~ 변~ 을'이라는, 그거 말예요?"

조금 음이 이탈된 목소리로 불렀다.

"그래, 꽤 틀리긴 했지만, 그거."

까다롭게 구네.

"그 멜로디 라인 자체가 해변에 밀려들었다가 물러나는 파도처럼 위아래로 움직이잖아? 그 부드러운 고양감이 취기란 얘기야. 그리고 「해변의 노래」의 취기와 동일한 취기가, 해변 그 자체에도 있단 말이지."

"취기란 게 다양한 곳에 있는 거로군요."

"사람한테도 있지. 세상은 크게 둘로 나눌 수 있어. 취하는 인간과 취하게 만드는 인간. 혹시 네 스스로가 사람을 취하게 만드는 인간이라고 교만을 부릴 테면, 무엇으로 취하게 만들 수 있는지 생각해 보는 게 어때?"

무엇으로 취하게 만드는가.

생각하고 있자니, 창밖 풍경에서 고층 빌딩이 사라지고, 하천 부지를 넘어 녹음이 피어나기 시작했다.

차내에서는 오다와라를 빠져나왔을 무렵부터, 남자들도 전야제의 피로가 풀리기 시작했는지 차례차례로 추하이와 맥주를 비우기 시작했다. 나는 전용 청색 물병 안의 내용물을 입에 부었다. 아무리 마셔도 취하지 않는 인간이라도, 취하게 만드는 건…… 가능할까?

너무 생각을 깊이 한 탓인지, 전차에서 내릴 무렵에 나는 보기 좋게 멀미가 났다.

* * *

여름 MT 장소는 매년 아타미로 정해져 있는 듯했다.

그리고 도착하기 무섭게 구토를 하는 녀석들이 속출하는 것 역시, 매년 있는 일인 듯했다. 그러나 도착 직후에 구토기를 느끼는 건, 남자들 중 누군가가 아니라, 설마하니 바로 나 자신이었다.

"술잔도 취할 수 있게 된 건가."

미키지마 선배는 웅크리고 앉아 있는 내 옆에 서서 기쁜 듯이 그렇게 물어왔다.

"……안타깝지만, 멀미입니다."

선배는 큰 소리로 웃었다.

"뭐…… 뭐가 재미있는 거예요! 욱…… 기붕 나빠……."

망했다, 이래서는 꼼짝도 못 해.

그렇게 생각하고 있노라니…….

"자."

"네?"

보아하니, 내 눈 앞에 미키지마 선배가 등을 내밀고 있었다.

"이제 이동할 거니까. 업혀."

'그렇게 차라도 되는 것처럼 간단하게 말하지 않았으면 좋겠는데.'라고 생각하면서도, 내 얼굴에 열이 오르는 건 어떻게 해도 멈출 수가 없었다. 꾸물꾸물거리면서 미키지마 선배의 등에 손을 얹었다.

"목 조르지 마."

"네, 그, 최대한 노력할게요."

주위에서 야유하는 목소리가 들렸다. 그런데 그 무리에 가담하고 있을 법한 오야마 선배의 모습이 보이지 않는다는 사실을 깨달았다.

오야마 선배는 우리 동아리의 부회장으로, 술자리에서는 사람들을 자제시키는 역할이나 뒷감당을 하는 역할을 맡고 있어 대량의 알코올을 소비하는 취연에는 없어서는 안 될 핵심 인물이었다. 어느 틈엔가 가장 앞장서서 폭주하는 경우가 있기는 하지만, 고주망태가 된 꼴은 본 적이 없었다. 모든 이들이 인정하는 안심 마크이자 기둥이 여름 MT 일행 중에 없다?

"오야마 선배는 이번에 불참이신가요?"

지나가듯이 초조한 표정으로 물어보니, 미키지마 선배가 "그럴 리가." 하고 웃었다.

"너 눈치가 너무 느린데."

오는 길에는 생각하기 바빠 그럴 겨를이 없었다.

"본가에 들렀다가 올 거라서, 먼저 숙소에 가 있겠다더라고."

오야마 선배의 본가는 분명 아이치 현이었을 거다. 아타미까지 그다지 멀지 않다. 납득했다.

자, 그렇게 어기영차 움직이기 시작한 집단의 수는 평소 술자리를 생각하면 굉장히 소소했다. 무엇보다도 여름방학에는 귀성하는 사람들이 많아, 여름 MT 때까지 도쿄에 있는 사람 수가 더 적을 정도였다. 게다가 이 동아리로 말할 것 같으면, 하는 행동이 어딜 가나 다를 게 없었다. 아무래도 MT까지는 참석 못 할 것 같다는 사람이 많은 것도 어쩔 수 없는 일이었다.

한편, 평소 술자리에서도 절대로 취하는 것 외에는 관심이 없는 자들이 모이는 극도로 순수한 '취 마니아' 집단이 되기 때문에 여름 MT 술자리는 다른 행사보다도 밀도가 높고, 대대로 이야깃거리가 되는 전설이 탄생한다는 것 같았다.

역시 오야마 선배가 등판하지 않고 지나갈 리가 없었다. 그렇다면 과연 오늘 밤엔 대체 어떤 전설이 생겨나게 될까.

미키지마 선배의 따스한 등과 의외로 근육질인 어깨의 감촉에 두 근거리고 있자니, 쇼코 선배가 미키지마 선배에게 말을 걸었다.

"그러고 보니, 미우 선배도 오시지?"

"······곧장 거기로 온다더라."

"어······ 역시 지금도 미키한테 연락하는구나, 미우 선배는."

"잉? 회장이라서겠지."

미키지마 선배는 시시하다는 듯이 대답했다.

"회장이라서라."

쇼코 선배는 왠지 모르게 빙긋빙긋 웃고 있었다.

"너······."

그러자 쇼코 선배는 빈정거리듯이 웃더니 도망쳤다.

그리고 미키지마 선배의 등에 부착된 신종 생물은, 방금 전의 대화를 머릿속에서 고속으로 반복해 보고 있었다. 반복할 때마다 망상도 점점 부풀어 올랐다.

어쨌든 간에 미우 선배는 누구인가요? 미키 선배.

그 한마디를 도무지 입 밖에 내지 못하는 와중에, 바다 냄새가 코

끝을 간질였다. 신기하게도 그 즉시 구토기가 가라앉았다. 이제 괜찮다며 예의를 갖추고 미키지마 선배의 등에서 내렸는데, 잘 보아하니 거긴 이미 오늘 밤 묵을 숙소의 코앞이었다.

해변을 따라 놓인 국도 135호선에 맞닿아 있는 민박 '아타민'의 외관은 도쿄 번화가에서 자주 볼 법한, 날림 공사로 지은 집세 3만 엔 대의 아파트로밖엔 보이지 않았다. 그러나 바깥에 물고기나 다시마가 널려 있어 그 냄새와 맞물려 독특한 정취가 있었다.

"어서 오십시오."

현관문 앞에 얼굴을 내민 기모노 차림의 여성들에게 안내를 받아, 축축하게 열기가 감도는 침침한 복도를 졸졸 따라서는 삐걱삐걱대는 계단을 올라 방에 도착했다.

그런데 먼저 올라간 숙소 여성이 오래된 가옥을 무너뜨릴 정도로 큰 비명을 질렀다.

"끼야아아아아아아아아아아아아!"

우리 취연 일동은 그 목소리에 튕긴 듯이 급하게 뛰어올라가 그녀가 보고 있는 것을 확인했다.

거기에 있던 건, 대낮부터 헤벌쭉 웃으며 술 한됫병을 껴안고 잠들어 있는 오야마 선배였다.

* * *

이게 한됫병이 아니라 나이프이고 그게 가슴에 꽂혀 쓰러져 있었더라면 훌륭한 한여름의 미스터리였겠지만, 여기는 취연. 굴러다니

105

는 건 시체가 아니라 술에 곤드레만드레 취한 사람이었다.

나는 시계를 봤다. 때마침 점심때였다.

문제는 '왜 이 시간에 혼자 술을 마시기 시작했느냐.'라는 부분이었다. 뭔가 요 며칠 새 힘든 일이라도 있던 걸까.

"괜찮아. 맥박도 정상이고. 잠꼬대도 하고 있으니, 문제는 없는 것 같군."

미키지마 선배는 그렇게 말하더니 오야마 선배를 방구석으로 옮겼다.

그때 등 뒤로 인기척이 느껴졌다.

"오, 너희들, 다들 취연 애들인가?"

그렇게 빠른 간사이 지방 사투리로 말을 걸어온 사람은 30대 중반쯤 돼 보이는, 선탠을 하고 알로하셔츠를 입은 남성이었다. 첫인상은 '휴일에 골프 치면서 땀을 빼고, 연인에게 바비큐를 강요할 것 같은 아웃도어 착각남'이라는 느낌이었다. 어쨌든 '경박한 채로도 어른이란 게 될 수 있구나.'라는 말의 대표 격인 오라를 뿜어내고 있어서, 나는 지레 거절 모드에 돌입했다.

그런데 이 남자한테서 생각지도 못한 말이 튀어나왔다.

"나, 미우 남친인 자루카와야. 평소엔 '자루야'라고, 오사카에서 대대로 유서 깊은 여관을 운영하고 있지. 미우한테 무리하게 부탁해서 따라온 뻔뻔한 아저씨이지만, 사이좋게 지낼 수 있을까?"

어려운 상대다. 자신이 어떻게 보이는지를 과도할 정도로 파악하고 있는 것도 모자라 뻔뻔하게 나오고 있었다. 썩 질이 좋지 못했다. 그래도 질 좋은 어른이란 게 별로 없는 것 또한 사실. 사회에서 살아가기 위해서는 다들 모종의 질 나쁨 같은 걸 몸에 익히지 않으면 안 되는 걸까? 주조장을 운영하는 우리 아빠조차도 질 나쁜 건 몸에 심처럼 박혀 있으니, 그런 거겠지.

미키지마 선배가 아무런 반응을 보이지 않고 있자, 황급히 금발의 데무라 선배가 앞으로 나와 "그야 미우 씨 남친이라면 대환영이죠." 라고 말했다.

나는 미키지마 선배의 표정을 지켜보고 있었다. 뚜렷하게 의아하다는 표정을 짓고 있었다. 그러나 선배도 계속해 입을 다물고 있을 수만은 없었다.

"설마하니, 당신이 이 녀석을 이렇게 만들었나요?"

자루카와 씨는 후후 웃더니 대답했다.

"그래. 이 동아리 사람들은 술이 세다고 들었는데, 별거 아니더만. 도리어 미안하게 됐어."

왠지 모르게 조금 자만하는 듯했다. 이건 대학에 들어온 이후로 자주 느끼는 거였는데, 왜 술이 센 사람들은 그것만으로도 자신에게 가치가 있다고 생각하는 걸까? 나는 술에 취하지 않는다는 사실을 되도록 눈에 띄지 않게 하기 위해 애쓰고 있는데.

"어머, 자루카와 씨, 벌써 도착해 있었어요?"

등 뒤에서 처음 듣는, 맑은 목소리가 들렸다.

등장한 것은 붉은 원피스와 짙은 빨강색 립스틱이 흰 피부를 강조하고 있는 요염한 여성. 큰 선글라스를 하고 있었지만, 그녀가 누군지는 금방 알 수 있었다.

가이토 미우. 내가 연예계에서 모습을 감추기 시작할 때 미소녀

콘테스트에서 1위를 차지해 데뷔한 이래, 지금은 일선에서 계속해 활약하고 있는 여배우였다. 연기력은 고개를 갸웃하게 하는 구석이 있었지만, 매년 미인 탤런트 랭킹에서는 반드시 5위 안에 이름을 올렸다. 그녀가 왜 이런 곳에?

그렇게 생각하다가 퍼뜩 깨달았다. 쇼코 선배가 말했던 '미우'가…….

"미우, 한가해서 한 녀석을 쓰러뜨려 놨지. 보라고. 요즘 젊은 것들은 별거 아니라니까."

자루카와 씨는 그렇게 말하더니 무척 자만하는 투로 오야마 선배를 가리켰다.

"우와, 대단해. 자루카와 씨는 남자답네요."

가이토 미우는 드라마에서 연기할 때와 마찬가지로, 전혀 감정이 실리지 않은 겉치레뿐인 미소를 지었으나, 그 눈은 분명히 오야마 선배에게도 자루카와 씨에게도 향해 있지 않았다. 그녀는 그저 미키지마 선배를 똑바로 쳐다보고 있었다.

"오랜만이야. 좀 야윈 것 같은데?"

그게, 아까 전부터 망상 속에서 이렇게 저렇게 모습을 바꿔 가며 등장했던 '미우 선배'의 실사였다.

* * *

미우 선배가 자루카와 씨와 점심 식사를 하러 간 뒤, 남자들이 바다로 간 걸 확인하고, 나와 쇼코 선배는 옷을 갈아입기 시작했다. 이번 여행은 술자리가 지옥의 양상을 띨 것이란 소문이 돌았던 탓인지, 여자 비율이 저조했다.

쇼코 선배에게 아무래도 물어보고 싶은 게 있었다.

"저, 뜬금없는 거 여쭤 봐도 돼요?"

"'미우 선배와 미키 선배는 어떤 관계인가요?'지?"

"……."

"괜찮아. 미키는 척 보기에 좀 멋져 보이니까. 네가 좋아하는 것도 충분히 이해가 돼. 응응."

고개를 끄덕이며 쇼코 선배는 멋대로 결론을 내리고 있다.

"잠깐…… 저, 저는 딱히 그렇지는……."

내가 부정을 하든 긍정을 하든 상관없다는 투로 쇼코 선배는 얘기를 시작했다. 그 얘기에 따르면, 미우 선배는 미키지마 선배보다 2학년 위의 선배였다. 여배우인 그녀는 매스컴의 눈을 피하기 위해 늘 짙은 선글라스와 마스크를 착용한 의심스러운 차림으로 정체를 숨기고 있었다. 그런 그녀에게 같은 학부 강의 중에 말을 걸어, 동아리 가입을 하도록 꾄 게 미키지마 선배였다.

이윽고 두 사람은 사람들 눈을 피해 사귀기 시작했다고 한다.

"그런데 결국 사귀고 있어도 미키는 데이트도 않고 술만 퍼마시고 있으니까, 바쁜 미우 선배가 정나미가 떨어졌겠지. 영화 촬영으로 해외 로케를 가 버려서는 그대로 졸업. 현재에 이르게 된 거야."

"그렇구나……. 그럼 차인 건 미키 선배 쪽이군요."

"그야 그렇지. 그 가이토 미우를 찰 남자 따윈 없을걸. 그 이별 통보를 한 게, 이 아타미 MT인 거지."

아타미에 그런 추억이 있을 줄이야.

그런 얘길 듣고 보니, 왠지 모르게 미키지마 선배가 평소보다도 시적인 표정을 짓고 있던 것 같은 기분이 안 드는 것도 아니었다.

바라보고 있는 동시에 아무것도 보고 있지 않는 듯한, 그런데도 조금도 흑박하다는 느낌을 주지 않는 그 눈동자가 지금 같은 분위기를 띠게 된 건, 어쩌면 그 일과 관련이 있을지도 몰랐다.

그렇다곤 해도, 설마 미키지마 선배의 전 여친이 여배우일 줄이야…….

문득 전차 안에서 미키지마 선배가 「해변의 노래」를 언급한 걸 떠올렸다. 나는 중학교 때 그 곡을 알게 된 뒤 솜사탕처럼 몽글몽글한 슬픔을 띤 가사를 잘 기억하고 있었다. 해변을 걸으며 '옛 사람'에게 상념을 띄우는 노래.

미키지마 선배는 그 노래를 생각할 때, 누구 생각을 하고 있었을까? 이 MT 중에 술자리 관찰 이외의 목적이 생긴 듯했다.

* * *

하늘은 물빛이었으나, 물은 하늘빛이 아니었다.

모래색은 특유의 메마른 잿빛을 띠고 있어, 소위 리조트풍 해변보다도 일본적인 느낌을 줘서 오히려 정취가 있었다.

본격 미스터리라면, 오싹한 저택에서 벌어진 살인 사건을 조사하기 위해 나타난, 머리를 긁적이는 명탐정 등장 신으로도 좋을 법했다. 아니, 그렇게 되면 완전히 요코미조 선생님이 되어 버리려나.

파도가 치는 사이에 발을 담그는 걸 좋아하는 나는, 전혀 야하지 않은 심플한 형태의 남색 수영복을 입고 쭈그려 앉아 있었다. 파도는 내 발을 간질이더니 다시 바다로 되돌아갔지만, 그러나 살며시 뭍에 연정을 품고 슬며시 다가왔다.

그러면서 내가 생각한 건, 사실은 색기도 뭣도 없는, 좀 전에 '오야마 선배가 참혹하게 취한 사건'의 진상이었다. 범인이 자루카와 씨인 건 틀림없었다. 뭣보다도 본인이 자랑스럽게 인정하고 있었으니까.

오야마 선배가 그렇게 한심할 정도로 취해 나가떨어진 모습을 본 건 입학 이래 처음 있는 일이었다. 우리들의 기둥을 술로 나가떨어지게 만드는 건 간단한 일이 아니었다. 엄청나게 많은 양의 술을 쏟아 붓듯이 마시게 한 게 분명했다.

문제는 동기였다.

왜, 대낮에, 처음 만난 사람을 그 정도까지 억지로 술에 취해 나가떨어지게 만들었어야만 했는가?

아무리 주당이라 자만하고 있다더라도, 도가 지나친 것은 아니었을까?

이를테면, 만취 상태가 된 게 미키지마 선배라면 납득이 갔다. 미우 선배의 구 남친이라는 정보를 알고 있다면, 현재 연인인 자루카와 씨에겐 유쾌하지 못할 것이다. 적어도 구 남친보다 자기가 뛰어나다는 걸 확실히 해두고 싶다고 생각할지도 몰랐다.

혹은 그런 정신적 우위성에 그치지 않고, 실질적으로 오늘 밤 다시 미우 선배와 미키지마 선배의 관계가 부활하는 게 두려워서 선제적으로 고주망태를 만들었다고도 생각할 법했다.

그러나 처음 만난 오야마 선배를 나가떨어지게 만든 이유로는 전혀 들어맞지가 않았다.

역시, 단순한 교만함인가. 나쁜 교만함. 자기야말로 넘버원이라는 에고와 에고가 부딪쳐 참극을 낳은 걸까.

하지만, 그렇다면 왜 우리 나머지 부원들은 자루카와 씨가 품은 교만함의 마수를 피해 갈 수 있던 걸까?

아아, 미우 선배가 등장해서인가? 고삐가 나타나 안정을 되찾았습니다, 훌륭하다, 훌륭해. 아니, 전혀 훌륭하지 않았다. 오히려 오늘 밤이 두려워지기 시작했다. 자루카와 씨는 밤을 위해 체력을 보존하고 있는지도 몰랐다. 오야마 선배를 해치운 기세로 모두를 완전히 나가떨어지게 만들려는지도 몰랐다.

나는 해변을 둘러봤다.

얕은 여울에서는 쇼코 선배가 미쓰토리 선배와 애정 행각을 벌이고 있었다. 다른 남자들은 뭘 하고 있는지 보니, 글쎄, 수영복으로 갈아입지조차 않고 해변에서 왁자지껄 즐기고 있는 기색이었다.

그러나 그중에 미키지마 선배의 모습은 없었다.

나는 그들이 모여 있는 곳에 가서, 데무라 선배에게 물었다.

"미키 선배는 어디 계세요?"

"아아, 그 녀석, MT에서는 낮엔 바위 그늘에서 계속 책 읽어."

"헤에, 선배답지 않네요."

"해변에서 술에 취하는 게 예의에 어긋난다나 뭐라나. 게다가 파도를 보면서 술을 마시면 두 배로 취해서 기분 나빠진대."

꽤나 특수한 짬뽕이 아닐 수 없다.

나는 괜히 주위로 시선을 돌렸다. 조금 떨어진 곳에 선글라스를 낀 채 드러누워 독서에 심취해 있는 미키지마 선배를 발견했다.

그곳을 향해 걸음을 내디뎠을 때, 데무라 선배가 소리를 쳤다.

"좋아, 그럼 게임 시작!"

놀라서 돌아봤다. 보니 1학년 남자애 한 명이 눈가리개를 하고 종이컵을 건네받고 있었다.

"……뭐, 뭘 하시는 거예요?"

"술 맞히기 게임. 수박 쪼개기는 해변을 더럽히니 안 좋아서."

그렇게 말하는 데무라 선배.

"그렇다고 해서 술 맞히기 게임으로 대신하는 건……."

"이거, 꽤나 맞히기 힘들다고."

내가 하는 말을 듣는 건지 마는 건지. 데무라 선배는 문득 내 가슴께를 빤히 보더니 이렇게 말했다.

"호오. 전혀 없는 줄 알았는데 조금은 있네."

"데무라 선배, 제 주먹은 전투 태세니까 조심하시죠."

데무라 선배가 아하하 웃으며 뒤로 내뺐다. 아무래도 목숨은 아까운 모양이었다.

자, 심기일전하고, 게임 스타트.

눈가리개를 한 건 1학년 오다리 군. 이건 별명이고 본명은 몰랐다. 술자리에서 곧장 간단한 마른안주로 오징어 다리를 주문한 탓에 이런 별명을 얻게 됐다. 술은 그럭저럭 강한 편이라고는 하는데, 선배들에 델 게 못 됐다. 괜찮을 것인가.

규칙은 간단했는데, 술 이름을 맞히지 못하면 계속해서 부어 주는 술을 비워 나가야 하는 것뿐이었다. 선배들이 이걸 위해 사 온 술은 동서고금으로 다양해서 처음 보는 것도 여럿 섞여 있었기에, 그런 의미로는 보고 있어도 질리지 않았다.

결국 1번 타자인 오다리 군은 15회나 연속으로 틀렸다. 애당초 나오는 술 이름이 진기하기 짝이 없어서 알 수가 없었다. '조니 블랙'이 나오는 건 아직 양호했지만, '쿠엘보'니 '애플턴'이니 서서히 매니악한 정도를 높여 가면 이미 1학년 꼬꼬마가 알 수 있을 리가 없었다. 고주망태 켄타우로스가 되어 '인간 파도'처럼 다가와서는 밀려 가는 걸 몸으로 나타내기 시작했다.

여기서 서비스 문제랍시고 소주 중에 무난한 '구로이사니시키'가 등장했다.

"아, 알겠습니다……. 이건, '이사니시키'입니다."

데무라 선배가 빙그레 웃었다.

"……네에, 틀렸습니다. 구로이사니시키와 이사니시키는 다른 술이지."

괴물, 괴물이 있다. 그 한 잔이 치명타였는지, 오다리 군은 맥없이 털푸덕 모래사장에 쓰러질 뻔한 걸, 안겨서 민박으로 옮겨져 갔다.

"저녁때까진 멀쩡해지겠지."

그런 무사태평한 판단을 내리더니, 데무라 선배는 계속해 술 맞히기 게임을 이어 나가려고 한다.

그런데, 그때…….

"나도 끼워 줘."

책을 읽고 있을 터였던 미키지마 선배가 다가왔다.

"너 해변에서 마시는 거 싫어하잖아."

"그래. 싫어하니까 마시게 하려고 온 거다."

"뭐?"

"데무라, 다음은 너다."

"바, 바보야, 나는 대부분의 술은 한 번 핥기만 해도 아니까 의미가……."

"평소라면 그렇겠지. 그러니까 약간 핸디캡을 두지."

"핸디캡?"

미키지마 선배는 씨익 웃었다.

데무라 선배의 표정이 굳어지는 걸 알 수 있었다.

모래 위에서 펼쳐지는 광기 어린 유희를, 태양이 옅은 웃음을 띠고 지켜보고 있었다.

* * *

미키지마 선배가 말한 핸디캡이란, 술을 두 종류 내지 세 종류 이상 섞는 것이었다. 그리고 무엇과 무엇이 섞였는지를 정확히 말하지 못하면 전부 마신 뒤 다음 술에 도전해야 했다.

결과는 데무라 선배의 18회 연속 참패로 끝났다. 17번째 잔부터 얼굴이 파래지더니 18번째 잔에서 그로기 상태가 된 데무라 선배를, 아까 전 오다리 군과 마찬가지로 1학년 남자 둘이서 민박으로 데리고 갔다. 일단 이번 MT에서 구급상자 역할을 맡은 이상 민박까지 따라갔다.

옮겨지면서 데무라 선배가 이렇게 말하는 걸 나는 놓치지 않았다.

"제기랄······. 윽, 그건 그렇고······. 욱······. 왜 그 녀석, 올해에만 갑자기 끼워 달라고 왔담?"

지난 2년 동안은 두 해 모두 독서를 하면서 보냈던 미키지마 선배. 그런 선배가, 무슨 생각인지 갑자기 책을 덮고 술판에 끼어들었다.

거기에 무슨 이유가 있는 걸까?

의아해하고 있노라니, 갑자기 데무라 선배는 나를 가리키면서 말했다.

"설마하니, 술잔에게 마음이 있다든가."

"어어어어어어어······ 없겠죠."

"농담이야. 저 녀석이 좋아하는 타입은 확실하니까."

왜 입을 비죽거리고 있는 거냐, 나.

그리고 뭘까, 이 부글부글 끓어오르는 불쾌한 감정은. 나는 구토를 멎게 하는 약을 불친절하게 데무라 선배에게 내밀고는 해변으로 돌아왔다.

그 뒤로도 미키지마 선배의 기세는 이어져서 미쓰토리 선배까지 휘말려 고주망태가 되었고, 정신을 차리고 보니 한낮부터 거의 대부분이 여관에서 곤히 잠들어 있는, 완전히 평소와 전혀 다를 게 없는 전개가 되었다.

술에 만취한 자들의 간호는 쇼코 선배가 이어 받아, 전혀 데미지를 입지 않은 미키지마 선배와 마셔도 취하지 않는 손해 보는 체질의 나 둘이서 뒷정리를 하고 돌아가게 됐다.

바다를 타고 불어오는 바람은 짙어지고 온 향을 바닷가에 영차,
하고 풀어냈다. 바다의 차가움과 따뜻함, 그 둘이 그 안에 잠들어 있
었다.

나는 미키지마 선배의 얼굴을 팬스레 찬찬히 바라보고 있었다.

"뭐냐, 술잔."

"……선배, 안달복달하고 계시죠."

"아니. 유쾌하지 않을 뿐이야."

"그거, 거의 같은 건데요."

나는 넌지시 물었다.

"왜 술 맞히기 게임에 끼어드신 거예요?"

"안 끼어들었잖아? 난 한 방울도 안 마셨다고."

"그래도 참가한 거엔 변화가…….."

"그야 회장이니까. 알고 있나? 동아리에서 죽는 사람이 나오면,
그 동아리 회장은 대학에서 퇴학 처리 된다고."

"어…… 그런가요?"

"그래."

시원스레 대답한 미키지마 선배는 정리를 계속했다.

"그리고, 오늘 밤 아수라장은 나 혼자인 편이 편해."

아수라장? 그건 대체…….

되물으려는데, 모래톱에 긴 그림자가 드리워졌다.

그 그림자는 우리 앞에서 멈춰 섰다.

미키지마 선배도 그걸 눈치 채고 있을 텐데, 묵묵히 작업을 이어

나갔다.

그림자의 정체는 미우 선배와 자루카와 씨였다.

실제로 본 가이토 미우는 한층 투명한 느낌이 있었다. 아름다움 안에 강한 의지가 있어서, 타인의 이해를 거절하는 듯한 가시가 그녀의 매력으로 변해 있었다. 꽃에 비유하자면 장미이려나. 반면 자루카와 씨는 결국 장미로 몰려드는 하늘소 같은 느낌이었다. 그는 적잖이 미우 선배가 자랑스러운지 어깨를 감싸 안고 '내 거'라는 표정을 짓고 있었다. 미우 선배 쪽은 그런 취급을 받는 게 그다지 싫은 기색은 아니었으나, 그 시선이 미키지마 선배에게 변함없이 향해 있는 걸 어떻게 판단해야 할까? 이건 미키지마 선배에게 질투심을 불러일으키기 위한 작전인가?

옆에 있는 불쌍한 하늘소는 그런 장미의 시선을 눈치 채지 못하고 쨍한 태양을 올려다보며 만족스럽다는 듯 싱긋 웃었다. 감정의 크기와 방향이 다른데, 그림으로는 농탕치는 커플로 보기 좋게 정리된다는 게 아이러니의 극치였다.

자루카와 씨의 태도로 말할 것 같으면, 마치 게임에 승리한 직후의 축구 선수와 같지 않은가. 미우 선배의 시선이 향해 있는 곳을 알더라도 그런 표정을 계속할 수 있을지 의심스러운 한편, 미우 선배의 불성실함이 불쾌하게 비추어졌음은 말할 나위도 없었다.

똑 부러지게 뭐라고 말 좀 하라고 말하려는 듯이, 나는 미키지마 선배에게 시선을 던졌다. 그러나 미키지마 선배는 "나 먼저 간다."는 말만 남기더니 병이 든 자루를 짊어지고 가 버렸다. 허둥지둥 그 뒤를 따르려는데 미우 선배가 멈춰 세웠다.

"저기, 뭐 좀 물어봐도 될까?"

"······뭐를요?"

"너희들, 사귀니?"

"아니, 그게, 저, 그냥 후배······ 같은 느낌인데요."

나는 내 의지와는 달리 달아오르는 얼굴을 태양 탓으로 돌리기로 했다.

"흐음, 그래도, 너는 좋아하는 모양이구나."

"그렇지······ 않아요!"

미우 선배는 여유로운 미소를 지었다.

"좋은 거 알려 줄게. 그 사람, 바위 그늘에 있을 때부터 너만 보고 있었어."

"······아, 아닐 거 같은데요."

나는 안경을 손가락으로 추켜올렸다. 덥다. 뜨거운 바람 탓이 아니었다. 몸의 중심에서부터 바깥으로 뻗어 나오는 열에 달아오르고 있었다.

"잘해 봐."

이어서 "그럼 안녕." 하고 자루카와 씨가 말하고는 미우 선배의 어깨에서 등으로 손을 떨어뜨리더니, 내게 등을 돌리고 걸어가기 시작했다. 재촉에 따라 발걸음을 뗀 미우 선배의 붉은 원피스 자락이, 모래톱에 밀려드는 파도처럼 보였다.

그로부터 한동안 나는 그저 파도 소리가 시끄러운 해변에 멍하니 서 있었다.

* * *

바람이 강해져, 파도가 조금 높아졌다.

미우 선배의 말을 부정하려 할수록, 아까 데무라 선배가 한 말이 가슴속에 되살아났다.

'설마하니, 술잔에게 마음이 있다든가.'

아니, 그건 그 직후에 농담이라고 부정당한 얘기였다. 신빙성이라 곤 요만큼도 없었다. 뭘 낯 두껍게 올라타려고 하고 있는 거냐고 스스로를 부정하면서도, 이런 억측이 밀려왔다가는 멀어지는 파도처럼 마음에 오갔다. 아아, 이게 미키지마 선배가 말한 교만함이라는 건가.

그렇다고는 해도, 미우 선배는 왜 그런 걸 일부러 나한테 말한 거지? 설령 미키지마 선배가 내 쪽을 보고 있던 게 사실이라고 하더라도, 그 전에 그런 미키지마 선배를 미우 선배는 관찰하고 있던 게 되는데.

생각해 보면, 미우 선배는 왜 이번 MT에 참가하기로 결정한 걸까? 전 남친이 회장을 맡고 있는 동아리의 여름 MT에, 지금 애인과 함께 모습을 드러낸다. 도발하는 거라고밖엔 생각되지 않았다.

미우 선배는 미키지마 선배에 대해 어떻게 생각하고 있는 걸까?

자기가 차 놓고는, 재결합이라도 하려고 하고 있는 걸까? 그렇다면, 아까 한 말은 조언을 가장한 '탐색'일지도 몰랐다.

나는 해변에 멍하니 서서 밀려오는 파도를 바라보고 있었다. 그 파도의 움직임이 내 마음 움직임과 닮아 갔다. '다들 모여 있는 곳으로 돌아가자.'라고 생각은 하고 있지만, 몸이 간단히 움직이지 않았다. 아무래도 갈 수가 없었다. 이상할 정도로 지나치게 의식하고 있었다.

이것저것 생각하고 있노라니 등 뒤에서 누군가 말을 걸어왔다.

"술잔, 뭣 좀 사러 가자."

돌아보니, 거기엔 미키지마 선배가 서 있었다.

"아, 네. 그런데, 저 아직 수영복 차림이라 갈아입고 올게요."

"서둘러."

크게 허둥지둥하며 그 자리를 떠나 민박으로 돌아왔다.

민박집 계단을 삐걱삐걱 올라가자 2층에는 아직 그로기 상태인 사람들이 바다사자처럼 자고 있었다. 그걸 곁눈질하면서 쇼코 선배와 미우 선배가 잡담을 하고 있었다.

여전히 정신없이 자고 있는 오야마 선배 옆에는 자루카와 씨가 있었다. 그는 맥주를 마시면서 빤히 오야마 선배의 얼굴을 계속해 관찰하고 있었다. 사냥꾼이 적의 보금자리를 훔쳐보듯이 예리한 눈초리였다. 그러나 취기도 오른 탓인지 승리감에 취한 듯한 표정이 떠올랐다가 사라졌다.

역시나 자루카와 씨의 타깃은 오야마 선배였던 듯했다. 오야마 선배가 눈을 뜨면 그 순간 다시 녹다운시켜 버리겠다고라도 말할 기세였다.

평소에 신세를 지고 있는 오야마 선배를 위해서라도 여기 자리를 잡고 앉아 버리고 싶었으나, 언제까지나 수영복 차림으로 우뚝 서 있을 수는 없었기에 하늘색 탱크톱과 흰 숏팬츠로 갈아입고 미키지마 선배가 있는 곳으로 돌아갔다.

미키지마 선배는 해변 파출소 앞에서 경찰관과 무언가 이야기를 나누고 있었다. 근처에 있는 술집이라도 묻고 있는 걸까.

내가 다가가자, 선배는 돌아오더니 "가자."고 말했다.

"장소는 알아내셨나요?"

"장소는 알고 있는데, 머니까 순찰차를 빌려달라고 부탁했지."

"그건…… 무리겠는데요."

"그렇지만 먼 건 마을 문제잖아?"

어디까지가 본심인지 의심해 볼 법도 한데 이런 때에, 미키지마 선배는 뇌세포를 하나둘쯤 일부러 작동시키지 않고 말할 때가 있었다. 미키지마 선배가 한 말을 못 들은 척하고 화제를 돌렸다.

"그건 그렇고, 계속 궁금했던 건데, 자루카와 씨는 왜 대낮부터 오야마 선배를 고주망태로 만든 걸까요?"

"오야마한테 지기 싫었던 거겠지. 의지력이 강할 것 같은 사람이니까."

"뭐, 오야마 선배는 체격도 좋고, 술도 셀 것처럼 보이긴 하죠."

역시 미키지마 선배도 나랑 같은 견해인 걸까.

어쩐지, 재미가 없었다. 마음 한구석에서 다른 대답을 기대하고 있던 것이다. 땅거미가 질 무렵의 바닷바람은 기분 좋게 머리카락을 헝클었다. 커다란 배가 선창에 몇 척인가 세워져 있고, 왼편으로 건어물 가게가 줄지어 있었다. 해변의 거리를 걷고 있노라니 태어나기 이전의 기억을 부추기는 것 같은 이상한 기분이 들 때가 있었다.

"이 근처는 어쨌든 물고기가 맛있어."

그렇게 말하면서 미키지마 선배는 슬렁슬렁 건어물 가게에 들어가 가오리 지느러미를 대량으로 구입했다.

"가오리 지느러미만큼이나 경제적인 바다의 음식은 없지. 술에 잘 어울리고."

"그런가요?"

"일본주에 넣어 불려서 즐겨도 좋지."

미키지마 선배는 그렇게 말하더니 가오리 지느러미를 봉투에서 찢어서 건네주었다. 입에 넣자 꼬들꼬들한 식감에 고전하면서도 바닷바람 풍미 같은 진미가 입안에 퍼져 나갔다.

"지금부터 꽤나 걸을 거야. 순찰차에 탈 수 있었으면 좋았을 거라고 생각할 정도로 말이지."

"……바라던 바입니다."

미키지마 선배 옆을 걷는 건 어딘가 마음이 들떠서 취기와도 비슷한 게 있어 싫지 않았다. 그렇지만 그렇게 솔직하게는 입이 움직이지 않았다.

"「해변의 노래」 얘기, 기억해?"

돌연히 미키지마 선배가 물었다.

"아, 오는 길에 한 얘기요?"

"그거 말인데, 실은 3절 가사가 조금 이상하다는 것 같아."

"그런가요?"

"응. 애초에 1, 2절과 너무 다른 데다가 멜로디에 제대로 실려 있지도 않지. 여기엔, 아무래도 당시의 인쇄 실수 같은 게 있다는 것 같아. 원래 3절과 4절이 있었는데, 꼬여 가지고 이상한 상태가 되었다나."

"아, 알아요, 그거……."

내가 알고 있는 것은 물론 미스터리 소설을 통해 입수한 지식이었다. 분명 아유카와 선생님의 오니쓰라 경위* 시리즈에서 「해변의 노래」를 다룬 게 있지 않았던가.

"하지만 내가 신경이 쓰이는 건 1절과 2절의 관계야. 얼핏 보기엔 지나칠 정도로 별 차이가 없어서 2절이 좀 부족한 것 같은 기분이 들어."

"부족하다……. 아아, 분명 그렇죠."

같은 느낌을 예전에 받은 적이 있었다.

가사는 분명 이런 느낌이었다.

아침 해변을 방랑하면
예전 일이 그립기만 하네
바람 소리여 구름 모양이여
밀려오는 파도도 조개의 색도

해 질 녘 해변으로 돌아오니
옛 사람이 그립기만 하네
밀려오는 파도여 돌아가는 파도여
달의 빛도 별의 그림자도

---

* 추리 작가 아유카와 데쓰야가 창조한 탐정 캐릭터로 『페트로프 사건』, 『검은 트렁크』 등의 작품에서 활약한다.

시간대를 바꾸었을 뿐. 그것도 1절에 등장한 '밀려오는 파도'가 2절에서는 '밀려오는 파도여 돌아가는 파도여'라고 반복하고 있는 것도 이해할 수 없었다. 밀려온 파도는 돌아가기 마련이다. 1절에서 생략되어 있어도 다들 알고 있는 것을, 2절에서는 더 나아가 그걸 설명하고야 만다.

"나는 계속해서 과거를 되돌아보면서 온종일 해변을 걷고 있는 사람에 대한 노래라고 생각했는데, 어느 날 이런 생각이 드는 거야. 1절과 2절이 서로 다른 사람의 시점이 아닌가 하는."

"서로 다른 시점, 말인가요?"

"아침과 밤, 다른 시간대에 남자와 여자가 제각기 같은 장소를 걸었다고 친다면, 얼핏 보기에 단조롭게 아침 해변이 밤 해변으로 바뀌었을 뿐인 가사가 드라마틱하게 변한다는 생각이 들지 않아?"

그런 식으로 해석하려고 생각해 본 적은 한 번도 없었다. 그 해석이 맞는다는 보장은 전혀 없었다. 그래도, 그렇게 생각할 수 있는 즐거움이 허락되는 게 시의 좋은 점이겠지.

"잘 보면 아침과 밤에서 감정의 역점이 달라. 1절에서는 바다보다도 하늘에 역점을 두고 있어. 반면 2절에서는 바다에 역점을 두고 있지. 이건 보고 있는 사람이 다르기 때문이 아닐까. 바람 소리나 구름 모양에 감정을 싣고자 함은 자유를 원하는 남성적인 느낌이 들지만, 파도 모양의 움직임과 동화하고자 함은 흔들리는 여심을 연상시키지."

바로 방금 전까지 파도에 내 마음을 겹쳐 본 직후였던 만큼 슉 하고 심장이 꿰뚫렸다.

"3절의 수수께끼투성이인 해석은 제쳐 두고, 이 노래는 남녀의 마음이 엇갈리는 걸 노래한 곡이라는 해석이 있을 법도 하다고 생각해."

"확실히 '사물'을 떠올리는 남자와 '사람'을 떠올리는 여자, 두 사람의 마음이 엇갈리는 게 보이는 것도 같네요."

지금까지 봐 왔던 것과는 다른 시정(詩情)이 감돌았다.

"미키 선배."

"응?"

잠시 망설였다.

물어볼 것인가 말 것인가. 가십을 소비하는 사람처럼 여겨지는 게 싫다는 게 한몫, 단순히 두려웠던 게 한몫했다. 그래도 결국 묻고 말았다.

"미우 선배랑 헤어진 이유가 뭔가요?"

긴 침묵이 흘렀다.

파도 소리가 심지어 내 실수를 책망하는 것처럼 들리기까지 했다. 옆을 유별나게 느린 속도로 트럭이 달려갔다. 하늘이 붉어져, 바다는 그 색으로 물들어 갔다. 파도치는 드넓은 바다는 마침 미우 선배의 붉은 원피스를 상기시켰다.

"쇼코 그 바보 자식이 쓸데없는 얘길 막 떠벌렸구나?"

"……아뇨, 그, 제가 듣고 싶다고 했거든요."

그러자 미키지마 선배가 내 이마를 손끝으로 딱 하고 쳤다.

"윽, 아파요!"

"향연 뒤에 알려 주지. 오늘은 일찍 끝날 테니까."

한바탕 바람이 불어와 샌들 주변에 바닷물이 한 방울 와 닿았다.

126

"뭐, 너 하기 나름이다만."

미키지마 선배는 뭔가 꿍꿍이가 있는 듯했다.

뭘까?

나는 그게 무엇일지 조금 겁나면서도, 기대가 되고 말았다.

* * *

대부분이 술에 절어 있는 가운데, 차분하게 향연이 시작됐다.

오래된 다다미와 해변의 향, 창가의 풍경(風磬)이 맞물려 뭐라 말로 할 수 없는 풍정을 자아내고 있었지만, 아마도 해변에 사는 사람들에겐 특별할 것 없는 일상일 거라고 생각하니 괜히 감개무량했다.

술상에 둘러앉은 건 나부터 시계 방향으로 미키지마 선배, 미우 선배, 그리고 자루카와 씨였다.

쇼코 선배와 술에 잔뜩 취한 미쓰토리 선배는 둘이 몰래 민박집을 빠져나가 어디에선가 남몰래 데이트라도 하고 있는 듯했다.

결국, 미묘한 네 명만 남게 되었다.

그런 가운데 건배 후에 입을 연 건 미키지마 선배였다.

"자루카와 씨는 주당이신가요?"

대낮부터 술을 마시기 시작해 다소 빰이 붉어진 자루카와 씨는, 그 질문 자체가 쾌감이라도 느끼게 해 준다는 듯이 빙긋이 웃었다.

"뭐, 주당이지. 나보다 술이 센 녀석은 아직 본 적이 없거든."

"그런가요."

이렇게 말하더니 미키지마 선배는 갑자기 입을 다물고 창밖을 바라봤다.

"뭔가, 회장님."

"그렇다는 건 취해서 난동을 부리거나 하지는 않는다는 얘기겠죠?"

"모르지. 취해 본 적이 없으니."

"맞아. 자루카와 씨는 정말로 술 세거든."

옆에서 미우 선배가 추임새를 넣으며 어색하게 팔짱을 꼈다. 왜 그렇게 도발하는 태도인지는 의문이었지만.

"그렇군."

미키지마 선배는 의미심장하게 그렇게 말하고는 술을 입으로 가져갔다.

"이봐, 형씨, 덤비지 않는 편이 좋을 거라고. 술맛이 떨어진단 말이지. 겨우 이렇게 만난 관계잖아. 나랑 같이 밤새 즐겁게 마시자고."

만나기 무섭게 오야마 선배를 쓰러뜨린 남자가 할 말은 아니었다.

"그렇지요. 주당과는 나도 즐겁게 마시고 싶습니다. 다만, 우리 동아리에서는 주변 사람을 쓰러뜨려 놓고 기뻐하는 사람을 주당이라고 하진 않아요."

그 발언, 대낮에 동료들을 모조리 쓰러뜨린 장본인의 행동과는 좀 빗나간 거 아니냐고는 차마 끼어들지 못했다. 술자리에서의 모순은 모순이 아니게 된다는 게 미키지마 선배의 격언이었다.

"분명히 해 두지 않겠습니까? 어느 쪽이 진짜 주당인지."

눅눅한 바람이 긴장된 공기 속을 헤엄쳐 갔다.

한동안 둘은 서로를 노려보고 있었다.

그러나 잠시 후 자루카와 씨는 말했다.

"좋아. 한번 해보자고, 회장님. 고주망태가 될 각오는 돼 있겠지?"

"어어, 주당은 내가 아닙니다."

이제야 미키지마 선배가 무슨 꿍꿍이를 세우고 있었는지 어렴풋이 알 것 같았다.

이건 앙갚음의 술자리였다.

그것도, 그 원수를 갚는 것은…….

"주당은, 여기 있는 아가씹니다."

미키지마 선배가 손가락으로 가리킨 건…… 나였다.

"이 애가?"

"빨리 마실 필요는 없습니다. 각자 한 병을 술잔에 따라 이 빨대로 마시기. 규칙은 그것뿐입니다. 간단하죠?"

그건 아까 장을 볼 때 미키지마 선배가 구입한 유산균 음료 전용 극세 빨대였다.

"이 빨대를 써서, 한 병을 다 마셨을 때의 취한 정도를 확인해서 누가 진짜 주당인지 결정합시다."

자루카와 씨는 코웃음을 쳤다.

"난 단 한 병으로 취한 적 없다고."

미키지마 선배는 씨익 웃었다.

나는 감쪽같이 이 남자에게 떠밀려 나서게 돼 버렸다.

이리하여 승부가 시작됐다. 나와 자루카와 씨 앞에 놓인 건 '기쿠요이(喜久醉)' 다이긴조(大吟醸)*. 이런 말도 안 되는 음주 방식을 취

---

* 양조주에서, 정미(精米) 비율이 50% 이하의 백미를 원료로 한 청주.

129

해도 되는 건가 하는 생각에 나는 얼굴을 찡그렸다.

이래봬도, 주조장집에서 태어난 딸. 일본주라면 유명한 건 대부분 마셔 본 적 있다. '기쿠요이' 다이긴조쯤 되면, 혀에 와 닿는 그 식감이 천하일품. 한번 체험하면 술을 싫어하는 사람이더라도 반드시 푹 빠지게 되고야 마는 그런 술이었다.

그러한 미주(美酒)를, 빨대로 마신다니. '아아, 죄송합니다.'라고 생각하면서도 한편으로는 빨대로 쪽쪽 빨아 마시더라도 그 부드러움이 변하지는 않을 터라고 벌써부터 감동에 젖고 말았다. 물보다도 마시기 쉽고, 입속에 물이 있는데도 물 안에 몸을 담그고 있는 것처럼 기분 좋은 게 있었다.

아무래도 혀가 내 자신이 된 것처럼 '이 순간 혀를 뽑히기라도 한다면 반드시 죽고야 말겠지.'라는 영문 모를 생각을 하는 건, 다시 말해 진미의 한가운데 있다는 뜻이다.

아아, 이건 바다다. 지금 나는 바다에 있다.

이러쿵저러쿵 하면서 절반 정도를 마셨을까.

입안이 달아져서 가오리 지느러미를 투입했다. 이게 또 잘 어울렸다. 그 지방의 술과 그 지방의 건어물에 이길 조합은 없었다.

자루카와 씨가 약간 변하기 시작한 건 그때였다. 한 병 가지고는 취하지도 않는다고 주장하던 남자의 얼굴에 아무래도 취기를 연상케 하는 게슴츠레한 표정이 나타나기 시작한 게 아닌가.

그렇게 생각하고 있는데, 점점 그의 얼굴이 아침놀이 드는 후지산처럼 빨갛게 변해 갔다.

그새 좌우로 흔들리기 시작하더니 조금씩 움직임이 이상해졌다.

"괘, 괜찮으세요?"

나는 의외의 사태에 걱정이 돼 말을 걸었다.

"뭐가 뭐 어쨌단 건데."

자루카와 씨는 막 멈춰 서려고 하는 그네 같은 어조로 대답했다.

이건 더 안 되겠다. 사람은 제각각이라고 하더라도 취하기 시작할 때의 증상은 크게 차이가 없었다.

"서, 선배……. 저…….."

"자루카와 씨, 이제 그만하시겠습니까?"

미키지마 선배는 나를 손으로 막아서더니 자루카와 씨에게 물었다.

"무우슨 말을 하는 거야아……. 이 정도로."

오오, 나오고 있습니다, 뭔가 또 다른 좋지 못한 생물이…….

그러고 보니, 빨대로 마시면 알코올 흡수가 빠르다고 들은 바 있다. 그런가, 그래서 미키지마 선배는 술값을 들이지 않고 단시간에 승패가 갈리도록 빨대 승부를 내건 건가.

"미우, 지금이니까 말해 두겠는데. 이 여행 끝나면, 짐 챙겨서 오사카로 가자고. 내가 지켜 줄게. 당신이 빛날 곳은 여배우로 서는 무대가 아니잖아."

미우 선배의 얼굴에 의아하다는 표정이 떠올랐다.

"무, 무슨 말을 갑자기 하는 거야?"

"그러니까아, 우리 여관 안주인이, 돼 달라, 이거지."

그 순간 미우 선배의 얼굴이 화악 빨개졌다……만, 금세 표정을 다잡았다.

"그런 말을 취한 사람이 하더라도…… 곤란한데."

"맨정신에 하는 말이다만."

"이제 이 이상 마시면 안 돼."

미우 선배는 자루카와 씨에게서 병을 빼앗으려고 했다. 그러나 미키지마 선배는 그런 미우 선배에게 날카롭게 얘기했다.

"아직 더 마실 수 있다잖아, 마시게 해 주자고, 선배."

그 눈은 지독하게 차가워서 아무런 온도도 느껴지지 않았다. 그냥 바다 밑바닥이 아니라, 겨울날 얼음 아래 잠든 바다를 연상케 했다. 여름인데, 오싹했다.

"미키지마, 이제 그만해."

미우 선배는 그다지 큰 소리를 내지 않고, 그저 검사가 검을 내리치는 순간에 신경을 집중시키는 것처럼 맑은 어투로 그렇게 말했다.

그 말을 들은 직후, 자루카와 씨의 안색이 변했다. 그는 무슨 생각이었는지, 빨대로 한 번에 남은 술을 빨아들였고, 그러고는…….

털썩.

그 자리에 쓰러졌다.

미우 선배는 황급히 자루카와 씨를 안아 올렸다.

미키지마 선배는 일어서더니 미우 선배에게 말했다.

"알겠지? 자기 마음을."

자기 마음?

무슨 의미지?

"가자."라고 말하고 미키지마 선배가 내 팔을 꽉 쥐었다.

선배는 입구 근처에 놓아 둔 비닐 봉투를 들고는 계단을 내려갔다. 나는 황급히 뒤를 쫓아 밖으로 나왔다.

민박의 밤은 길지만, 해변의 밤은 더 길었다.

불이 밝혀진 아타미의 바다가 군청색으로 반짝였고, 모래톱은 낮과는 달리 환상적인 색채를 띠고 있었다. 물론, 그건 밤의 푸른 어둠과의 대조를 이루고 있어 처음으로 느끼는 환상이었다.

"모처럼이니, 불꽃놀이라도 할까."

"……괜찮아요? 미우 선배 그냥 내버려 두고."

"그냥 내버려 두라고."

대체 무슨 일이 벌어진 건지, 전혀 알 수가 없었다.

"선배…… 저, 설명 좀 해주시겠어요? 무슨 일인지."

미키지마 선배는 바람이 불어오는 쪽을 등지고 폭죽을 두 개 꺼내 하나를 내 손에 건네주었다.

"뭐, 한잔할까."

"술처럼 얘기하지 말아 주실래요."

"폭죽도 꽤나 취할 수 있다고?"

"맙소사."

그렇게 말하면서 나는 미키지마 선배 옆에 앉았다.

미키지마 선배에게서 옅게 달콤한 체취가 풍겨져 왔다.

"그러면, 확실히 해 둘까. '자루카와 씨는 왜 오야마를 대낮부터 술에 취해 쓰러지게 만들었는가.'"

한여름인데도 바다에서 불어오는 갯바람은 차가움을 품고 있었다. 거친 바다를 끌고 오면서도, 께느른한 표정으로 모래를 훑고 스쳐 지나갔다.

밤의 해변에서, 취하는 이치의 끈이 풀리려 하고 있었다.

* * *

불꽃이 일렁였다.

폭죽 끝에 불이 붙었다. 치지지직 하고 소리를 내며 폭죽이 섬광을 내뿜었다.

그 불을 보고 있노라니 내 몸 안에서도 무언가가 조금씩 불타 가고 있는 것 같은 기분이 들어 굉장히 기묘했다. 술에 의한 취기를 모르는 몸에도 '아아, 이거야말로 취기.'라고 느낄 수 있는 감각이 있었다.

"「해변의 노래」 얘길 했었지? 기본적으론 그것과 같아. 남자와 여자 파트로 나뉘어 있는 거지."

"남자와 여자 파트로 나뉘어 있다고요?"

"이번 MT에 참석하고 싶다고 연락을 해 온 건, 미우였어."

'미우'라고 호칭 없이 부르는 데에서 두 사람이 사귀어 온 세월이 느껴져, 괜히 열이 뻗쳤다.

그런 나에겐 신경도 쓰지 않고 선배는 계속했다.

"그렇지만, 여기에 그녀의 과거를 질투하는 생물이 있지."

"자루카와 씨로군요?"

"그는 미우에게서 내 이름을 듣고, 이 MT에서 고주망태로 만들어 버리겠다고 생각하고 있었지. 이게 제1절."

"전 남친을 고주망태로 만들려고 했던 거군요? 거기까진 왠지 모르지만 알 것 같아요. 문제는 왜 오야마 선배가 쓰러졌느냐는 거죠."

그래, 결국 이 소동의 발단은 거기에 있었다.

왜 오야마 선배를 대낮부터 쓰러뜨려야만 했던 걸까.

미키지마 선배는 후후 웃으며 폭죽을 빙글빙글 돌리며 놀기 시작했다. 불은 그 손의 움직임을 뒤따라 천천히 움직였다.

"그건, 녀석이 미키지마라고 이름을 댔기 때문이겠지."

내 귀를 의심했다. 그런 바보 같은…….

"왜, 왜 오야마 선배가 미키 선배라고 이름을 댄다는 거죠! 이상하잖아요, 말도 안 돼요."

"그래도 있을 법한 일이었지."

미키지마 선배는 조용히 대답했다.

불꽃색이 시시각각으로 변해 가자, 어둠의 색까지 함께 달라져 보였다.

마치 미키지마 선배가 풀어놓는 이치와 같았다.

"아마도 자루카와 씨는 오야마가 아타민 민박에 도착한 것보다 빨리 숙소에 도착해 있었겠지. 그리고 오야마가 들어오는 현장에 있던 거야."

"그러니까, 그게 대체……."

그게 대체 어쨌다는 것인가.

"그러니까, 숙박 예약자 이름말이야."

"숙박 예약자 이름?"

"오야마는 숙소에 도착해 이렇게 말했겠지. '오늘 밤 묵을 예정인 미키지마입니다.' 내 이름으로 예약을 해 뒀으니, 그렇게 말할 게 뻔해."

"앗! 그, 그렇다면……."

"자루카와 씨는 착각을 한 거야. 오야마가 나라고."

바보 같기 짝이 없었다. 오야마 선배 입장에서 보면 불똥이 튄 게 아닌가.

"오야마는 연공서열을 중시하는 남자니까. 왜 도전적으로 술을 마셔야 하는지 이해가 안 되면서도, 미우 남친이라니 술자리를 거절할 수도 없이 고분고분 술을 마셨을 거야."

"그런 안쓰러운."

"안쓰러운 건, 완전히 착각을 하고 있던 자루카와 씨라고."

"네?"

"난 미우의 전 남친이 아니야."

"아, 아니라고요!"

"아니야."

어처구니없다는 듯 대꾸하고 미키지마 선배는 계속해 색을 바꾸는 짧은 섬광을 바라보고 있었다.

이윽고 빛이 다했다.

빛이 사라지자, 파도 소리가 귀에 들어왔다. 시각과 청각, 서로 다른 기관이 포착하고 있을 터인데, 신체 속에서는 그 정보가 동일시되고 있는 것 같았다.

"미우는 학창 시절부터 집요하게 나한테 들이댔어. '내 미모를 돌아다보지도 않는 사람은 네가 처음이야.'라면서. 그 앤 여배우니까 겉모습으로 이래저래 판단당하는 일이 많았겠지. 그런데 내가 말을 걸었을 때 걘 선글라스에 마스크를 끼고 있었어. 그 상태에서 말을 걸었으니, 내가 외견에 관계없이 자기한테 반해 있다고 멋대로 곡해한 거야. 나는 그저 선배에게 여자 부원을 늘리라는 말을 들어서 분주했을 뿐인데."

미키지마 선배가 미우 선배의 겉모습을 보지 않았다는 게 진실이라고 하더라도, 그것과 그녀에게 연정을 느낀 것과는 차원이 다른 문제였다. 그런데도, 그걸 미우 선배는 몰랐다. 아마도, 다가오는 남자들이 모두 미우 선배를 좋아했기 때문이리라.

"맨날 나한테 들러붙어 걸으니까, 오해하는 녀석들도 많았던 것 같은데 말이지, 실제로는 걔의 연애 놀음에 놀아난 적은 한 번도 없었어."

'그런데 결국 사귀고 있어도 미키는 데이트도 않고 술만 퍼마시고 있으니까, 바쁜 미우 선배가 정나미가 떨어졌겠지.'

나는 '쇼코 선배, 오해예요.'라고 속으로 외쳤다.

그건 그렇다고 해도……. 뭘까, 이 어깨가 가벼운 느낌.

나…… 왜 기뻐하고 있는 거지?

고개를 저으며, 이번에는 억새풀처럼 생긴 폭죽을 꺼냈다. 타오르는 속도도 완만해, 실은 손에 쥐고 태우는 폭죽 중에서는 이걸 가장 좋아하는지도 몰랐다.

불 속에는 작은 어제가 수천 개나 가득 차 있다.

그러니, 폭죽을 다 태운 뒤에는 수천 개의 어제가 사라진 것 같은, 그런데도 바로 그 자리에 있는 것 같은 감각이 가득 차올라 두근두근하고 말았다.

"자, 여기서 미우의 파트로 넘어가지. 실은 내가 정말로 화가 나는 건 이쪽이지만 말이야."

"무슨 일이라도 있었나요?"

"낮에, 내가 바위 그늘 아래서 책을 읽고 있었지?"

"네, 매년 그러신다면서요?"

"그런데도, 올해엔 그럴 수가 없었어."

"그것도 신경이 쓰였어요. 왜 그러셨어요?"

"시끄러웠거든. 바위 뒤에서 남녀 목소리가 말이지."

그 완곡한 표현으로 나는 모든 걸 이해했다. 그리고 왠지 모르게 얼굴이 빨개졌다.

"뭐, 그런 이유로 갠 날 화나게 만들었지. 녀석은 나에게 질투심을 불러일으키려고, 아타미 해변에서 대낮에 독서를 하고 있는 내 즐거움을 빼앗은 거야. 그래서 원래는 내버려 두려고 생각했었는데, 제대로 자루카와 씨를 쓰러뜨려 놓고자 한 거지."

"복수……인가요?"

"아니. 난 그런 야만스러운 짓은 안 해. 짜증이 나니까 그걸 알려 주려고 했던 거지."

"알려 준다고요?"

"걔가 지금, 누굴 좋아하는지 말이야."

누구를 좋아하는지?

"그대로 자루카와 씨가 술에 취해 쓰러질 지경까지 내버려 두면, 미우는 정말로 자루카와 씨에 대해 아무런 생각도 없는 게 되지. 그래도 직전에 프러포즈를 받고 안 거야. 자루카와 씨가 그녀의 외견이나 여배우라는 지위를 보고 사랑하고 있다는 게 아니라는 사실을."

'당신이 빛날 곳은 여배우로 서는 무대가 아니잖아.'

일순 의아한 표정을 지었지만, 그녀는 그 순간 진심으로 기뻐하지 않았을까.

"'진짜 자신'이라는 건 환상이야. 콤플렉스가 어디에 있는지, 그것뿐이잖아? 걘 겉보기가 예쁘다는 이유만으로 여배우로서 성공했지. 그렇기 때문에 외견 말고 다른 걸로 평가받고 싶은 욕구가 강했을 거야. 직업으로는 그걸 만족할 수 없었겠지. '적어도 사생활에서는.'이라고 생각하고 있지는 않았을까."

"그렇다면, 미우 선배는 자루카와 씨를 받아들인 거네요."

"걘 그 타이밍에 내 이름을 부르는 게, 실질적으로 항복하는 거라는 걸 알고 있었을 거야."

오야마 선배를 미키지마 선배라고 생각하고 있던 자루카와 씨를 향한 카운터펀치.

"그렇게 한 건, 걔가 자루카와 씨에게 사랑받고 있다는 교만함을 품었기 때문이야."

참 서투른 사람이 아닐 수 없었다. 프러포즈를 받을 때까지 정말로 사랑받고 있는지 자신을 갖지 못하다니.

"마치 그 곡 같지 않아? 연인의 '옛 일'을 신경 쓰는 남자랑, '옛 사람'을 신경 쓰는 여자. 스쳐 지나는 속에서 흔들리는 영혼. 그래도, 이제 대답은 나왔지. 미우라면 여관 안주인도 잘 어울릴 것 같고 말이야."

나와 미키지마 선배는 마지막 남은 작은 폭죽을 태워 버리고는, 둘이서 파도 소리에 귀를 기울였다.

"이대로 여기서 아침을 기다려 볼까."

미키지마 선배는, 그렇게 말하고는 옆으로 털썩 누웠다.

방으로 돌아가는 건 왠지 어색했다. 우리보다도 미우 선배가 어색해할 게 뻔했다. 이 판단은 미키지마 선배 나름의 친절함이겠지.

나는 빠르게 뛰는 가슴이 신경 쓰여 아무런 대답도 못 했다.

그러나 직후에, 잠든 미키지마 선배의 숨소리가 들려왔다.

나는 그 잠든 얼굴을 바라보면서 오늘 밤에 잠들기는 글렀다고 생각했다.

* * *

아침이 되어서야 알았다. 날이 밝기 전 미우 선배와 자루카와 씨는 숙박비를 책상에 두고 모습을 감췄다.

미키지마 선배에게 카디건을 살짝 얹은 뒤 한발 먼저 돌아오니, 쇼코 선배가 그 일로 대소동을 피우고 있는 중이었다.

소란에 눈을 뜬 오야마 선배는, "좋아 이제부터 여름 MT다."라면서 흥을 돋우려고 했지만 다른 사람들이 모두 돌아갈 준비를 하고 있는 것을 보더니 세상과의 갭에 발버둥 치며 괴로워했다.

"대체 무슨 일이야? 이게."

"글쎄요, 무슨 일일까요."

나는 웃긴 걸 필사적으로 참고 있었더니, 대신 하품이 나오고 말왔다. 그런 나를 보더니 오야마 선배가 말했다.

"술잔, 다크서클이 내려왔다."

"하으음……. 아무것도 아니에요."

나는 미키지마 선배 옆에서 계속 잠들지 못하고 파도 소리를 듣고 있던 탓에 지독한 수면 부족에 시달리고 있었다.

돌아오는 전차 안에서도, 영혼이 흔들리고 있었다.

도쿄행 오도리코 호가 흔들리고 있기 때문이 아니었다.

나는 서서히 내 감정에 눈뜨기 시작한 것이다. 내 교만함의 모순에. 더 이상 유명 아역 배우도 뭣도 아닌 내가, 지금 취하게 만들고 싶은 건 단 한 사람뿐인지도 몰랐다.

옆자리에서 마찬가지로 별로 잠에 들지 못한 것 같은 미키지마 선배의 새근거리는 소리가 들려왔다.

몸 안에서 아직도 폭죽이 타닥타닥 소리를 내고 있었고, 밀려드는 파도 소리는 전차 안의 소음을 지워 버릴 정도로 울려 퍼지고 있었다. 달과 바다 사이를 오가는 바람, 넓적다리에 달라붙어 푹 쉬는 모래들.

나는 아직, 해변에 한창 취해 있었다.

달에 취하는
로직

절망적일 정도로 지루한 9월이 끝나가고 있었다.

골든위크가 끝났을 때도 그랬다만, 여름방학이 끝나자 또다시 갑자기 연애 관계로 발전한 남녀가 대학 캠퍼스 도처에서 눈에 띄게 되어, 이대로라면 연애를 하지 않는 사람이 희귀종이 되어 버리는 건 아닐까 하는 기우가 들 정도였다.

그런 들뜬 분위기 속에서 나는 홀로 다시 여름 해변의 꿈에 어딘가 몸을 지배당하여 '마음이 여기 없는' 상태를 체현하면서 한 달을 무위로 낭비해 버릴 처지였다.

10월이 코앞으로 다가왔는데도, 마음에 드리운 안개는 걷히지 않았다. 다행인 건 오늘이 금요일이어서 주말이 지나고 나면 10월을 맞이하게 된다는 사실이었다. 10월이 되면 조금은 안정될지도 몰랐다. 그런 아무런 근거도 없는 생각을 하면서 15호관의 문을 열었다.

낡은 대학 건물 특유의 먼지 냄새가 코를 찔렀다. 입학식 때엔 이 먼지가 바로 유서 깊은 매머드 대학의 명예라고 생각했으나, 매일 다니니 당연히 그러한 감각은 마비되어 가는 듯했다.

자신의 감정에 뚜껑을 씌우는 데 지나칠 정도로 익숙해진 중년 주부처럼 한숨을 쉬면서, 1층 라운지 내 카페 에이스케의 문을 열었다.

입구 근처 소파에서 잠들어 있는 데무라 선배의 머리를 손가락으로 딱하고 팅기고는, 선배가 몸을 일으킨 틈을 노려 옆에 앉았다.

웬일로 '시체'는 선배뿐인 듯했다.

"미키 선배가 없다니 의외네요."

"으아……. 뭐야, 술잔이냐."

"네. '뭐야, 술잔'이라서 죄송합니다."

데무라 선배는 하품을 늘어지게 하더니 주변을 둘러보고는 팔리아먼트 담배를 입에 물었다.

"바쁜 것 같더라고, 그 녀석."

"네? 바, 바빠요……?"

천재지변의 사태였다. 1년 내내 시간이 남아도는 게 신조인 남자가 웬일로 공사다망하단 말인가?

"생각해 보면, 여름방학 전부터 때때로 몰래몰래 사라지곤 했는데 말이지. 생긴 게 분명해, 여자 친구."

"여자 친구, 요……."

짚이는 게 없지는 않았다.

5월 도케이 전 때의 일이었다.

146

낮에는 강의도 빠지고 대부분 여기서 자는 게 일상인 미키지마 선배가, 목적도 알리지 않고 외출한 적이 있었다. 그 뒤로도 몇 번인가 그런 일이 있었다.

그리고 여름방학 이후로는 그 횟수가 불어났다. 분명, 이런 때에 생각해 봄직한 이유는 알바이거나 여자이거나, 라는 게 축 늘어져 있던 남학생의 '바쁜 사정'일 터이리라.

여름 MT때의 '전 여친 소동'의 기억도 새록새록한데, 이번엔 '신여친 소동'으로 정신이 쉴 틈이 없었다. 무죄 추정의 원칙이라고 했던가. 여기서는 마음을 대초원처럼 한숨 안정시키고 사태를 조용히 살펴볼 필요가 있을 것 같았다.

"그리고 보니 술잔, 여름방학이 끝날 무렵부터 계속 기운이 없네. 설마 미키지마랑 말다툼이라도 했어?"

소파에서 굴러떨어질 뻔했다.

"왜…… 왜 말싸움 같은 걸 하겠어요."

"아니, 미키지마가 여친 만들었다고 말이야."

"오홍, 데무라 선배, 어느 후배가 선배한테 여친이 생겼다고 말다툼을 하나요? 그건 인간의 행동 원리로 치면 극히 부자연스러운데요."

"그런가."

"그래요."

나는 그 이상의 대화를 막기 위해 웨이트리스에게 손을 들어 커피를 주문했다. 이 카페의 커피는 종이로 만든 게 아닐까 싶을 정도로 옅고 맛이 없었다. 그래도 그런 점이 우리 학생들에겐 딱이었다.

잠시 있으니 커피가 왔다. 한 모금 마시고 매번 그랬듯이 얼굴을 찡그리고 말았다. 펄펄 끓이지 않았다는 건 그렇다 치더라도, 가져온 시점에서 벌써 미지근한 건 어떻게 돼 먹은 시스템인 건지. 뭐 자릿세라고 생각하고 포기하는 수밖에 없었다. 나는 한숨에 그걸 다 마셔 버렸다.

"잘 마셨습니다! 수업 다녀오겠습니다."

"우와, 뜨거운 커피를 원샷해 버리는 사람은 처음 봤네."

막 일어서려는데 청재킷을 걸친 한 무리의 사람들이 문가에 나타났다. 가슴팍에 보름달 모양을 한 황색 로고가 들어가 있는 게 눈에 띄었다.

아무런 감정도 품고 있지 않은 살인 기계처럼 손과 발의 움직임이 멋지게 맞아떨어지는 그 집단을 보고 있노라니, 배드 엔딩의 근미래 영화라도 시작할 것 같은 기분이 들었다.

실제로 이들이 가져온 건 9월의 잿빛 하늘보다도 훨씬 더 우울한 소식이었다.

* * *

그 청재킷은 최근 며칠 대학 곳곳에서 눈에 띄었다.

다음 주말로 다가온 대학 축제 '명월제(名月祭)' 집행부의 유니폼이었다. 그날은 그들이 이벤트를 전부 총괄할 예정이다. 우리 취연은 매년 '주박사 바(酒博士 bar)'라는 보이즈 바를 열어 여학우 확보에 나선다는 것 같았다. 실제로 대학 축제 이후 실질적으로 한 달 정도는 여자 회원이 일시적으로 많아진다고 한다. 술 그 자체를 위해 술을 사랑한다는 본래의 정신은 어디로 가 버린 건지.

그러나 실은 이 출점을 둘러싼 알코올 시비를 놓고, 매년 집행부와 이래저래 말이 많은 모양이었다.

그들이 카페에 들어왔을 때, 미키지마 선배가 예전에 그런 말을 했던 걸 생각해 냈다.

그리고 이미 데무라 선배는 싸울 태도를 취하고 있었다.

"회장인 미키지마는 없어?"

선두에 선 안경을 쓴 민머리 남자가 번쩍하고 렌즈를 빛내며 물었다.

"없어. 바쁘다고, 너희들과는 달리."

훗, 하고 안경 쓴 남자는 웃었다.

"만년 1학년인 그 녀석이 바쁠 일이 뭐가 있다고. 뭐, 혹여 바쁘다 하더라도 올해 명월제에는 편히 쉴 수 있겠지. 잘됐네."

"무슨 말이냐, 울보."

"우쓰보다."

민머리 안경잡이 리더는 냉정하게 되받아쳤다.

데무라 선배는 미간에 주름을 잡더니 일어서서 그들에게 한발 다가섰다. 나도 모르게 데무라 선배의 웃옷 소매를 잡았다.

"데무라 선배, 냉정해지세요."

"예예."

데무라 선배는 말하면서 내게 팔리아먼트 담뱃갑을 건네더니, 주먹 뼈를 뚝뚝 부러뜨리는 소리를 내기 시작했다. 아무래도 아무것도 알아듣지 못한 것 같았다.

말싸움이 나는 건 학생들 사이에서 빈번한 일이라지만, 캠퍼스 내에서는 좀 곤란했다. 곤란하지 않은 장소가 있다는 건 아니었지만.

"위협하지 말라고, 쓰레기 학생."

"뭐라는 거냐, 도토리."

도토리라는 말에 우쓰보는 얼굴이 새빨개졌다. 그러나 화를 넘기려는 듯 눈을 감더니 억지로 웃어 보였다.

"너 말이야. 미래도 깜깜해서는, 그렇다고 지금을 열심히 사는 것도 못 하는 쓰레기잖아."

되받아칠 말이 없었다. 이 취연에 모여든 사람들은 쓰레기 학생인 게 틀림이 없었고, 모두 장래가 불투명했다. 나 역시 조금은 착실하게 강의에 나가고 있다고는 하지만 별반 다를 게 없었다.

"미키지마에게 전해 두라고. 학교 축제 집행부는 취리연구회의 출점을 승인하지 않기로 방침을 굳혔다고 말이야."

"뭐라고? 왜 너희한테 그런 권한이 있는 건데!"

"있어. 대학 총장에게서 직접 권한을 인정받고 있거든. 뭐랄까, 이번 결정은 오히려 대학 총장이 내린 거니까. 미안하게 됐어."

그들은 마치 보이지 않는 전파라도 수신한 듯이 일제히 빙글 우향우를 하더니 사라져 갔다.

데무라 선배가 옆에 있는 테이블을 발로 뻥 찼다. 나는 황급히 넘어진 테이블을 일으켜 세우고는 가게 직원에게 사과했다. 민폐가 이루 말할 데가 없었다. 이런 일로 동아리 자체가 출입 금지 조치라도 당하면 어쩔 셈인지. 꿍해 있으려니 안쪽 테이블에서 다 쉰 웃음소리가 들려왔다.

"여전히 여기 학생은 혈기가 넘치는구먼."

가게 안쪽 자리에 앉아 있던 노인은 읽고 있던 신문을 접더니 지팡이를 짚으며 다가왔다. 색이 짙은 선글라스를 걸치고 있었다. 입에는 엽궐련을 물고 있었다. 구깃구깃한 정장 차림을 보아하니 돈이 많아 뵈지는 않았으나, 빨간 스카프가 잘 어울려서 그런지 멋쟁이라는 인상을 풍겼다.

그는 엽궐련을 입에 문 채로 물었다.

"그건 그렇고 '신 이와쿠마 회관'이 어디 있는지, 자네들 혹시 아는가?"

노인은 엽궐련을 입에서 떼더니 "후아⋯⋯." 하고 흰 숨을 토해 냈다.

그건 마치 불온한 10월이 열릴 것이란 예감을 안겨 주는 증기선의 연기 같았다. 그 연기에는 옅은 박카스 향이 섞여 있었다.

* * *

신 이와쿠마 회관이 구 이와쿠마 회관의 맞은편에 세워진 건 지난해라는 것 같았다. 여기에 교우회 사무국이나 대학 총장실처럼 대학의 중심 기구가 모여 있었다. 말하자면, 대학 내 행정부와 같은 셈이었다.

신 이와쿠마 회관이 창설됨에 따라 구 이와쿠마 회관은 '신 학생회관'으로 리모델링이 시작됐다. 완공되면 거기에 현재 대학 도서

관 뒤편의 낡은 피난처인 제1·제2학생회관 안에 있는 100개 가까이 되는 동아리방이 이설돼 신 이와쿠마 회관의 감시하에 놓이게 될 터였다.

"아무래도 총장의 의도가 빤히 보이는구면."

노인은 박카스 향을 풍기면서 즐겁다는 듯 하하핫 소리를 내 웃었다. 오쿠타니 총장은 작년에 막 취임했지만 벌써 대학 내 종기를 잘라내기라도 하겠다는 듯이 팔을 걷어붙였다는 것 같았다. 신 학생회관이 만들어지면 구 제1·제2학생회관은 제각기 철거되기 때문에 현재 일부 동아리에서는 데모 시위를 벌이고 있었다.

명월제에서는 그런 무리의 활동이 과격해지는 걸 이미 경계하고 있다는 듯, 벌써부터 '명월제에서는 정치적·사상적 행동 및 행위 금지'라는 대자보가 곳곳에 붙어 있었다.

"총장의 의도가 뭔가요?"

어디서 온 누군지는 모르겠으나 이런 내막을 잘 알고 있다는 투로 보아 대학 선배인 게 분명했다.

"총장 슬하에 동아리를 장악해서 나쁜 집단은 동아리방 자체를 주지 않으려는 게지. 그런 취사 선택을 지금부터 하려는 거겠지."

과연. 학생회관이 깔끔해진다고 좋아할 게 아니었다. 그러고 보면 신 학생회관 완성이 머지않았다는 소식에 1학년 남학생이 미키지마 선배에게 "우리 동아리는 방 신청 안 하나요?"라고 물었다가 미키지마 선배가 "그런 짓을 했다가는 대학이 짓밟아 버릴걸."이라는 투로 말했던 게 생각이 났다. 아무래도 눈에는 보이지 않는 사회의 축약도 같은 게 대학 안에 있는 것 같았다.

이와쿠마 강당 앞을 지나 이와쿠마 정원 옆을 빠져나가 신 이와쿠마 회관까지 안내하자, 노인은 "고맙네, 아가씨."라고 말했다.

그러더니 천천히 명함을 꺼냈다.

"곤란한 일이 있으면 언제든 불러 주시게."

"네, 네에……. 감사합니다."

명함에는 '주식회사 리큐르 CEO 사사시타 신이치'라고 적혀 있었다. 리큐르 사는 알 만한 사람은 아는 1류 기업이었다. '사람은 겉보기로 판단할 수는 없는 거로구나.'라고 나는 다시금 마음에 새겼다.

사사시타 씨는 명랑하게 말했다.

"훈계를 하나 하자면, '학생이여, 술을 퍼마시게.'"

"……예, 퍼마시고 있어요."

핫핫핫 하고 웃으면서 노인이 사라지고 나니, 그 자리에 박카스 향만 남았다. 아침나절부터 마신 걸까?

어찌되었든 안내 임무는 마쳤다.

돌아가려고 했을 때, 이와쿠마 정원 안에서 신 이와쿠마 회관을 향해 걸어가는 남녀의 모습이 시야 구석에 포착됐다. 그 대상을 알아보기도 전에, 익숙한 남자의 목소리가 귀에 날아들었다.

"키스는 괜찮아?"

내 귀를 의심하고 있노라니, 여자 목소리가 밝은 어조로 대답했다.

"응, 완전 괜찮아."

"아, 그래. 그럼 잘됐다."

전혀 잘되지 않았다.

나는 그 두 사람을 시야의 가운데로 옮겼다. 여자는 금발에 빨간 탱크톱과 데님 미니스커트의 가벼운 차림이었다.

남자는 미키지마 선배였다.

나는 정원 한가운데에 자라난 녹나무 아래 멍하게 서서, 멀어져 가는 두 사람의 뒷모습을 망연한 표정으로 지켜보고 있었다.

바람이 지나갔다.

가을향을 미약하게 품은 차가운 바람.

잔디밭에서 뒹굴며 놀고 있는 학생들의 웃음소리도, 지금은 어딘가 먼 다른 나라의 말처럼 울렸다.

오른편에 보이는 이와쿠마 강당에서 낮 12시를 알리는 종소리가 들렸다.

그 시계 바늘 위에 한 마리 몸집이 큰 까마귀가 앉아 있었다.

미스터리 뇌를 사용한다면 '우와, 대형 까마귀다.'라고 생각하면서 사진이라도 한 장 찍었을지도 몰랐다. 그러나 아쉽기 짝이 없는 일이었다. 근 6개월 동안 미스터리 소설을 탐독할 시간을 술자리에 써버린 몸에게 그런 반사 신경은 없었다.

나는 그저, 두 사람의 모습이 신 이와쿠마 회관의 뒤편으로 사라질 때까지 못 박힌 듯 서 있었다. 누군가가 나를 이와쿠마 동상의 여동생이든 뭐든 착각을 하더라도 전혀 이상할 게 없을 정도로.

빗방울이 코끝에 떨어졌다.

학생들은 "비다, 비야."라면서 허둥지둥 이와쿠마 강당으로 피신했다. 촬영을 하고 있던 것 같은 예의 그 청재킷을 입은 두 남학생이 삼각대를 정리하고 달려가는 참에 어깨를 부딪쳤으나 화를 내고 있을 때가 아니었다.

내 신체는 완전히 시간의 바깥에 남겨져 있었다.

'미키 선배.'라고 마음속으로 불러 봤다.

'키스는 괜찮아?'라니 무슨 뜻인가요?

소리를 내지 못하는 물음은 쏟아지기 시작한 폭우 소리에 씻겨 내려가고 말았다.

제정신이 든 건, 비에 체온을 빼앗기고 난 다음이었다.

* * *

"아무리 생각해도 너희들 쓰레기 학생인데, 범인은!"

주말을 낀 다음 월요일 낮에 서부극 술집에서나 들릴 법한 떠들썩한 욕지거리가 카페 에이스케 안에 울려 퍼졌다.

여느 때처럼 평소와 다를 게 없이 숙취에 전 취연 부원들은 그 고함에 겨우 빈둥거리면서 일어났다.

전날 밤 갑자기 미키지마 선배로부터 소집 콜이 걸린 것이다.

"지금 대체 몇 신 줄 알고 계세요?"

나는 한밤중에 걸려온 민폐 전화를 즉각 끊으려고 했지만, 미키지마 선배는 내 기분 같은 건 아무래도 좋다는 듯 말을 이어 나갔다.

"취연의 존속이 달린 중대한 회의야. 당장 와."

사람을 사람이라고 여기지도 않는 방약무인한 부름이었지만 동아리의 중대사라니 안 갈 수가 없었다.

도착한 이자카야 게메코에는 이미 산처럼 시체가 쌓여 있었다. 조용히 마시고 있는 건 오야마 선배와 미키지마 선배 둘뿐.

"얘기랄 게 다른 게 아니야. 주박사 바 출점 관련해서 말이지."

"아아, 그거 말인가요."

"이제부터 가짜 동아리를 만들어서 신청한다고 해도 출점 허가가 날 것 같지가 않아."

"뭐, 그렇겠지요."

"그래서 말이지, 우리는 어떤 동아리에 편승하기로 했다."

"어…… 어어어!"

"그러기 위해서는 네 힘이 필요해."

이상한 예감이 든 건 말할 나위도 없었다. 그리고 그 이상한 예감이 맞아떨어지는 것도 평소와 다를 게 없었다.

미키지마 선배의 계획이란, 결론부터 말하자면 추리연구회의 출점에 편승해 버리자는 것이었다. 추리연구회는 매년 연례 행사로 제2학생회관의 1층 라운지에서 '미스터리 카페'라는 걸 운영한다는 모양이었다. 얘기를 들어 보니 주박사 바의 취지와 무척 비슷한 데다 추리소설에 관련한 갖은 지식을 얘기하면서 커피나 홍차 같은 걸 마신다는 거였다.

"게다가 무엇보다 동아리 약칭이 거의 마찬가지라는 건 억지 부리기 쉽다는 뜻이지."

그렇게 말하는 미키지마 선배.

"너, 다음주 1주일 동안 추리연구회에 들어가서 그 전날에 전부 고주망태로 만들어 놓으라고."

"어…… 무리예요, 무리!"

"뒤처리는 내가 어떻게든 할게."

"어떻게든이라니……."

애기가 종결되기 무섭게 미키지마 선배와 오야마 선배는 전혀 관계없는 일본 영화 애기 같은 걸 시작했다. 나는 지난주부터 미키지마 선배에게 묻고 싶었던 것도 결국 묻지 못한 채 밤을 함께 지새운 다음, 그대로 카페 에이스케로 흘러들어 왔다.

그렇다 보니 이날 오전 중에 취연에서 제대로 애기를 할 수 있는 인간은 한 명도 없었다. 이렇게 말하는 나도 수면 부족이 쥐약이었다. 소파에서 안경을 쓴 채로 잠이 들어 버릴 정도였으니 말이다. 이건 '수리연구회(睡理研究會)*'나 다를 게 없었다.

나는 반쯤 잠이 덜 깬 상태로 그 분노에 찬 목소리를 듣고 있었다. 그리고 멍하게 뜬 눈으로 청재킷 단체의 우쓰보 씨가 서 있는 걸 확인했다. 그 얼굴은 분명히 냉정함을 잃고 있었다.

"어이, 미키지마, 일어나!"

"응? 어어?"

억지로 흔들린 탓에 잠에서 깬 미키지마 선배는 가까스로 상반신을 일으켜 세우더니 우쓰보를 봤다.

"뭐야, 우쓰보냐. 오랜만이네. 웬일이야, 기운이 펄펄 넘치네."

우쓰보 씨는 그 천연덕스러운 반응에 더욱 노기를 더했다. 그도 그럴 것이 아마도 그는 한동안은 잠들어 있는 미키지마 선배에게 계속 말을 걸고 있던 셈일 테니 말이다. 미키지마 선배는 가끔 자고 있는 데 얼핏 눈을 뜨고 있는 경우가 있었다.

---

* 발음은 취리연구회와 마찬가지로 '스이리겐큐카이'다.

"이 자식이! 반복하게 할 셈이냐!"

"오오, 부탁하지."

그렇게 생기 있게 대답할 때가 아닌 것 같다고 충언하고 싶었으나 긴박한 상황인 만큼 나는 묵묵히 지켜보는 수밖에 없었다.

"너희들이지? 명월제 전단지 3만 장 훔친 거."

"3만 장? 컬러 인쇄야?"

"당연하지. 크기는 A4. 매년 그래 왔듯 이와쿠마 강당을 촬영한 거다. 까마귀한테 말풍선 붙여서 '비상하자'라고 적어 둔 걸작 포스터였는데!"

나도 재수할 적에는 이와쿠마 강당을 배경으로 한 명월제 포스터를 입수해서, 그걸 바라보며 공부에 전념하곤 했다.

한동안 생각하는 것 같던 미키지마 선배는 이윽고 이렇게 대답했다.

"아아, 촬영하고 있는 거라면 봤지."

"그딴 걸 묻고 있는 게 아니잖아. 훔쳤냐고 묻고 있는 거다."

미키지마 선배는 눈앞에 놓인 잔의 물을 마시면서 관계없는 일에 감동했다.

"뭐랄까, 너희들 돈 많구나. 전단지 3만 장이라니."

"대학에서 돈을 지원해 주니까."

초조해하면서 우쓰보 씨가 말했다.

"그런 데 쓸 돈이 있으면 학비 좀 더 내려도 될 텐데."

지당한 말이지만 우쓰보 씨가 하고 싶은 말은 그런 얘기가 아닐 텐데.

"우리 쪽 광고부 두 명이 어제 저녁 무렵에 인쇄소에 부탁해서 전단지를 제2학생회관까지 배송받은 뒤에 열쇠를 걸어 잠그고 돌아갔다고 말하고 있다고."

"그러니까 밀실에서 전단지 3만 장이 사라졌다는 거야?"

"그뿐만이 아니야. 작성 중이던 데이터 자체가 컴퓨터에서 삭제됐어."

"그거 꽤나 정성 들였네."

"그래, 너희들이 말이지."

"미안하군. 우리들은 어제 저녁에 계속 술을 마시고 있어서."

"알리바이가 못 되는걸."

"영수증도 발행할 수 있다고, 아마도."

게메코라면 영수증 같은 건 어떻게든 되겠지. 그러나 게메 씨 자신도 어젯밤에는 꽤나 취해 있었다. 역시나 알리바이가 될 리 없었다.

"걔네 말고 집행부에서 들락날락한 녀석은 정말로 없어?"

미키지마 선배가 물었다.

"없어. 너희밖에 없어. 그 증거로 다른 층에 있는 창고에 보관해둔 축하용 맥주 궤짝 두 개가 빈다고."

"그게 무슨 관계가 있다는 거야?"

"전단지를 훔친 뒤에, 그것만으로도 해소가 안 돼서 맥주를 두 궤짝이나 마시고서는 돌아간 거겠지. 현장에는 다량의 맥주 캔이 떨어져 있었다고. 지금 취해 있는 게 좋은 증거다."

"그러니까 아니라니깐. 우리들은 네가 데뷔한 게메코에서 마셨다고."

데뷔한 곳? 무슨 의미지?

내가 의아해하고 있자니, 점차 우쓰보 씨의 얼굴이 그냥 빨간색에서 시뻘건 색으로 변해 갔다. 마치 깊어 가는 가을 단풍 같았다.

"아무래도 인정을 못 하시겠다, 이건가?"

"그래. 우선, 이유가 없어."

"출점 허가를 못 받은 보복이겠지!"

"우리들은 가게를 못 낸다고 해서 그렇게까지 음험한 짓은 하지 않는다고."

"누가 믿을까 봐!"

우쓰보 씨가 미키지마 선배의 멱살을 잡았다.

미키지마 선배는 바다 밑바닥 같은 눈동자로 우쓰보 씨를 바라보면서 대담하게 웃음을 지었다.

"해볼 테면 해봐. '학교 축제 집행부 폭력 사태로 명월제 개최 중지', 재미있는 기삿거리가 될 것 같지 않아? 광고비 날려먹었으니 그편이 더 나으려나?"

우쓰보 씨는 혀를 쯧 하고 차더니 손을 놓고 말했다.

"조만간 부실도 몰수해 버리지!"

그렇게 소리 지르고는 가게에서 나갔다. 등 뒤로 그림자처럼 따라붙어 있던 청재킷 정예 부대도 우향우를 하더니 그의 뒤를 쫓아갔다.

* * *

"저 녀석, 1학년 때 4월엔 취연에 있었어."

그런 의외의 새로운 사실은 미키지마 선배가 입에 올린 건, 점심 무렵이 다가왔을 때였다.

"어…… 그런가요?"

"그것도 쇼코를 노리고 말이지."

"거…… 거짓말……."

"그런데, 술을 너무 많이 마시는 바람에 놀랍게도 술집에서 자다가 소변을 봤는데, 이튿날 쇼코가 엄청 비웃어 대서 쇼크를 받고 그만뒀지."

불쌍하기 짝이 없다. 그 청재킷 연합 대장에게 그런 흉한 과거가 있을 줄은. 그것도 쇼코 선배가 타입일 줄이야.

아니, 쇼코 선배를 부정하겠다는 건 결코 아니었다. 용모도 평범하기 짝이 없는 나에 비하면 훨씬 남자들에게 잘 먹히리라는 건 분명하지만, 미쓰토리 선배와 매일매일 반복하는 다종다양한 말싸움을 목격한 탓에 그런 선배가 다른 남자가 보고 한눈에 반한 대상이 된다는 게 왠지는 모르게 이상했다는 얘기였다.

"그날 이후 술을 마시게 만든 나한테 엄청 원한을 품고 있다, 뭐, 이런 거지."

"과연……."

"그런데 이번엔 녀석이 유별나게 끈질기게 구네. 그런가, 녀석도 이제 드디어 내년이면 취업 활동이다 졸업 논문이다 바쁘니까 복수 총결산에 나서겠다, 이건가 보군."

"세일 같은 건 아니잖아요. 그래도 좋아하는 사람 앞에서 흉한 꼴을 보였으니 분명 그건 원한이 남을 법도 하죠."

"부끄러움을 매력으로 바꾸는 기술을 모르는 저 녀석이 문제야."

"어라⋯⋯."

미키지마 선배는 거듭 지론을 펼쳤다.

"평범하게 당당하게 말하면 되잖아. '화장실 가는 게 귀찮아서 그냥 싸 버렸어.'라든가."

"말 못 한다고요, 보통은."

"가구야히메*를 본받으면 되지."

"가구야히메요?"

또다시 뜬금없는 소리를 꺼냈다.

"가구야히메는 달의 죄인이지? 결국엔 지구인들에게까지 그 사실이 알려지면서 끝을 맺지. 그래도 현대에 이르기까지 아무도 그녀를 죄인 취급 따윈 하지 않아."

"그건 그녀가 미인이었기 때문⋯⋯."

"얼굴 같은 건 관계없어. 죄인답지 않은 태도로 남자들을 휘둘렀으니까 결과적으로 미인이라고 기억될 뿐이야. 인간은 태도로 얼마든 마이너스를 플러스로 바꿀 수 있단 말이지. 그런 건 말이지, 학생 시절에 안 해두면 어떻게 하자는 건가 싶다고."

"그렇군요. 자기 혁명을 위해 미키 선배는 두 번이나 유급을 하셨군요."

---

* 헤이안 시대 문학 작품인 「다케토리 모노가타리」의 여주인공. 한 노부부가 대나무 가지에서 데려다 정성껏 키워 아름답게 성장한 '가구야히메'의 아름다움에 혹해 구혼자가 몰려들지만, 이를 전부 거절한 가구야히메가 사실은 달에서 유배를 온 공주라는 사실이 나중에 밝혀지고, 결국 그녀가 선녀를 따라 달로 돌아가는 것으로 이야기는 결말을 맺는다. 비유적으로 가난한 집 태생의 아름다운 소녀를 가리키기도 한다.

"내 경우엔 다르지. 발 디딤대로 삼고 있는 것뿐이야."

미키지마 선배는 왠지 모르게 불리하다고 생각한 건지 단순히 귀찮아서 그런 건지 갑작스럽게 억지로 화제를 돌렸다.

"그런 것보다도, 3만 장이나 되는 광고지가 하룻밤 만에 사라졌다니, 기묘한 일이네. 종이 질에 따라 다르긴 하겠지만 4A사이즈로 3만 장이나 되면 무게는 약 150kg정도 되겠지. 씨름꾼을 짊어질 만한 사람이군."

"그만한 양의 광고지가, 하룻밤 만에 사라졌단 말이죠."

"열쇠가 걸려 있던 방에서 말이지. 기묘한 일이야."

"그러네요. 그 광고부 남학생 두 명이 열쇠를 걸었다는 게 사실이라면 완전범죄를 꾀한 게 된단 말이죠. 미스터리 마니아의 피가 끓네요, 두근두근."

"'두근두근'이라고 입 밖으로 소리 내서 말하냐, 보통."

그러고는 미키지마 선배는 될 대로 되라는 투로 "뭐, 상관없지."라고 말하면서 하품을 했다.

"저 녀석들 일에 우리들이 머리 굴릴 필요는 없어."

그러더니 문득 내 얼굴을 봤다.

"뭐, 뭔가요……."

"너, 화장했냐?"

"저도 가끔은 화장 정도는……. 그건 그렇고 눈치 채는 거 느려요, 어젯밤부터 하고 있었으니까."

미키지마 선배가 내 쪽으로 얼굴을 들이밀었다.

"흐음. 너 연예계에 있었던 주제에 전혀 화장이 익숙하지가 않구

나. 너무 하얗게 발랐다고."

"뭐……."

미키지마 선배는 깊은 대미지를 안겨 놓고는 태연하게 화제를 바꿨다.

"그것보다, 오늘부터 당장 잠입 부탁해."

"……그 얘기, 진심이셨군요."

"응. 괜찮잖아. 염원을 이뤄서 추리연구회에 가입할 수 있게 됐으니까. 감사하면 돼."

"성공이다, 와아아."

"눈이 죽어 있는데."

당연한 일이다. 이런 테러리스트 같은 일을 맡게 되어서, 벌써부터 내가 누구인지조차 애매해지기 시작했다.

"뭐, 싫으면 안 해도 돼. 의무라든지 지령이라든지, 그런 시시한 생각은 하지 말라고."

"……그런 건가요?"

"중요한 건 즐길 수 있는지, 그거야. 즐기라고. 명월제라는 게 원래 중추의 명월을 완상하는 데에서 시작한 거라고. 우리 대학, 의외로 풍류 있지 않냐?"

"중추의 명월이라니……. 중추면 분명 8월인데……."

"음력으로 따지면 그렇지. 양력으로 따지면 9월인가 10월이었나, 아무튼 그즈음이야. 우리 대학 축제는 10월 첫 주로 정해져 있어. 아무리 중추의 명월이 지났다고 하더라도, 달이 뜨지 않더라도, 없는 달을 즐기는 것 정도는 바보 같은 학생들에겐 별문제 없는 일 아니

164

겠나."

"하아."

"그러니까 뭐, 즐겨. 명월제를 앞두고 우리들이 해야 할 준비는, 그것뿐이라고."

납득이 된 듯 만 듯한 공중에 붕 뜬 것 같은 기분으로 나는 고개를 끄덕였다. 결국 강의에 출석할 시간이 다가와, 묻고 싶은 건 아무것도 묻지 못한 채 나는 카페 에이스케를 떠나게 됐다.

그리고 그 뒤로 주말까지 나는 추리연구회의 부원으로 지내게 돼, 취연 부원들과는 얼굴을 마주치지조차 않았다. 일이 그렇게 흘러간다고 할지라도, 묘한 일이었다.

* * *

"테러라는 건 술통에 빠져서 술에 흠뻑 절어 버리는 거랑 비슷하지. 그렇게 생각하면 조금 설레지 않니?"

미키지마 선배가 마지막으로 내게 남긴 말이었다.

이 말을 믿고 나는 추리연구회에 몸을 던졌다. 안경을 벗고 마스카라를 잔뜩 바르고, 언제나 축 내리고 있던 머리를 아주 약간 정성을 들여 위로 정리하는 등 엉성한 변장을 시도하면서 말이다.

추리연구회 사람들은 취연 부원들과는 1부터 100까지 달랐다. 이게 같은 대학생인지 싶을 정도로 그들은 조리가 있었다. 물론 글러먹은 학생도 있기야 있었다. 인간적으로 좀 그렇다 싶은 녀석들도 있었다. 그렇지만 그렇다 해도 한도를 갖추고 있어서 '녹스의 10계명*을 가장 빠르게 말하는 사람이 승리' 같은 어리석은 내기 같은 게 횡행했지만, 절대로 대낮부터 대놓고 좀비처럼 걸어 다니는 일은 없었다.

이런 것도 '추(推)'와 '취(醉)'라는 글자의 차이에서 비롯한 것인지 생각하니, 나는 한숨뿐이겠는가 눈물마저 나올 지경이었다. 4월에 제대로 추리연구회에 들어오기만 했더라면, 이처럼 로직에 탐닉하는 사람들과 매일 밤 얘기하는 게 가능했을 터이니 말이다.

"그럼 지요코는 자프리소** 같은 건 읽어 봤으려나?"

'지요코'는 내가 이 동아리에서 사용하는 이름이었다. 눈을 둘 곳을 못 찾으면서 질문을 던진 건 회장인 나시키 씨였다.

"『긴 일요일』이라면 읽었어요. 역사물, 좋잖아요."

"음······. 그, 그쪽이야? 아니, 보통 『신데렐라의 덫』을······."

약간 미스터리를 잘 모르는 척을 하고 있기 때문에 약간의 거짓말을 더했지만, 거짓말이 능숙하지 못해서 이상한 녀석이라는 인상을 줘버리곤 했다. 솔직하게 '『신데렐라의 덫』은 읽었습니다, 물론이죠.'라고 대답하면 좋았을 것을.

"특이해, 특이해."라면서 기뻐하는 나시키 씨. 얼굴 생김새가 몹시 샤프해서 인텔리 냄새가 났다. '인기'의 로직으로 봤을 때, 동아리마다 크게 차이가 나긴 하지만 이 동아리에서 나시키 씨는 '괜찮은 남자'라는 위치인 듯했다.

그건 그렇고 자백하는 얘기 같지만, 나는 처음에 선배 몇 명인가

---

* 추리 작가 로널드 녹스가 만든 미스터리의 기본 규칙.

** 세바스티안 자프리소. 프랑스 출신 소설가, 극작가, 영화 감독.

에게 아무래도 귀여움을 받고 있는 것 같았다. 모른 척하고 있었지만, 호의가 너무 노골적이어서 그럴 수조차 없었다.

그런 가운데 내게 심각한 증상이 나타났다. 미스터리가 좋다는 자신이 사라지게 된 것이다. 내게 미스터리는 물과 같아서 다른 사람과 이야기하거나, 좋은 점이나 나쁜 점을 주고받는 게 아니었다. 안 좋은 물이면 토하면 그만이고, 좋은 물이면 늘 마시면 되는 일이다. 단지 그뿐인 것으로, 애초부터 그걸 다른 사람과 공유하는 것에 흥미가 없는 인간이 뭘 착각해서 입학 당초에 추리연구회 같은 곳에 들어가려고 했던 건지 알 수조차 없어졌다.

그런데도 내가 내린 결론은, 나라는 인간은 들어간다면 취연에 들어가는 게 맞는다는 거였다. 자기가 좋아하는 물의 종류 정도는 알고 있고, 다른 사람에게 다른 물을 추천받고 싶다고 생각하지도 않았다.

그렇기 때문에, 나는 가입 나흘 만에 두드러기가 나서 대학 자체를 쉬게 됐다.

그렇게 기숙사 침대에서 자고 있으니, 회장인 나시키 씨한테서 전화가 걸려왔다.

"지요코, 몸 괜찮아?"

"아, 괜찮아요, 좀 가려울 뿐이에요."

"아, 그럼 다행이고. 내일 있을 명월제 전야제 술자리 말인데, 무리하지는 마. 당일에 와 주기만 하면 되니까."

농담하는 건 아니겠지. 뭘 위해 내가 이 동아리에 이름을 올리고 있다고 생각하는 거야.

"아뇨, 갈게요. 무슨 일이 있더라도 꼭 갈게요."

"아, 그래. 그러면, 도러시 세이어즈의 '대학 축제의 밤' 독서회를 겸하고 있으니까 읽고 와 주면…….'"

"알겠습니다."

전화를 끊었지만, 다른 사람이 그 명작에 대해 이러쿵저러쿵 말하는 모습을 내일 밤에 지켜봐야만 한다는 걸 생각하면 우울해졌다. 비판을 하더라도 칭찬을 하더라도 용서할 수가 없었다. 나는 내가 좋아하는 것에 대해서는 마음이 좁았다.

이렇게 된 이상 빠르게 고주망태로 만드는 수밖에 없었다.

그들을 어떤 식으로 쓰러뜨릴지에 대해서는 미키지마 선배가 내게 일임했다. 방금 전의 전화로 속셈은 정해졌다. 속전속결. 독서회가 열을 띠기도 전에 보내 버려서 세이어즈 여사를 지켜야겠다.

훗훗거리면서 침대 속에서 득의양양한 미소를 짓고 있자니, 미키지마 선배에게서 연락이 왔다.

"술잔, 건강하냐?"

"좀 오톨도톨해져 있긴 하지만 건강해요."

"그래. 여드름?"

"두드러깁니다."

고등학생도 아닌데 여드름이 날소냐.

"있지, 혹시나 해서 묻는 건데, 최근 어디서 나 본 적 있니?"

"……무슨 일이세요?"

"아니, 혹시나 해서 물어본 거야. 아니라면 됐어."

그러더니 미키지마 선배는 앞으로의 계획을 말하고는 전화를 끊었다.

정적이 돌아왔다.

그날 미키지마 선배를 보고 있던 걸 들킨 걸까.

그렇지만, 어떻게 들킨 거지?

이것저것 생각하기엔 밤은 너무 길었고, 결국 나는 수마에 몸을 맡겼다. 그리고 아침 6시, 턱시도를 입은 피터 윔지 경*의 뒷모습에 말을 걸었더니 미키지마 선배였다는, 극히 뻔한 비현실적인 꿈을 꾸곤 눈이 떠졌다.

아직 푸르른 아침 해를 커튼 너머로 느끼면서 "자아, 해보자."라고 중얼거렸다. 마침내 결전의 날이 온 것이다.

* * *

"이러나저러나, 정말로 보기 좋게 부원 전원을 해치웠네."

"그렇지만 그렇게 하라셨잖아요."

후후, 하고 턱시도 차림으로 미키지마 선배는 웃었다. 이건 꿈 얘기가 아니었다. 미키지마 선배는 실제로 턱시도 차림을 하고 거의 일주일 만에 바다 밑바닥 같은 눈을 내게 향하고 있었다.

"말했잖아? 어디까지나 레크리에이션이라고. 네가 즐겼으면 그걸로 된 거야. 그런데 예상 외로 악마가 여기에 있었다, 이 말이지."

오늘은 10월 첫 번째 토요일. 다시 말해 명월제의 첫날이다.

---

* 영국 추리 작가 도로시 세이어즈의 작품에 등장하는 귀족 탐정 캐릭터.

시간은 아침 8시. 제2학생회관의 1층 라운지에는 나와 미키지마 선배 외에 아무도 없었다.

"'닷사이(獺祭)'로 갔소이다. 이거 말장난 치는 거 아니니까요."

야마구치 현이 낳은 명주 '닷사이'는 내가 추리연구회를 고주망태로 만드는 데 최적이라고 생각해 고른 술이었다.

"호오, '닷사이'라니, 꽤나 좋은 술로 대접해 줬잖아."

"예절을 갖춰 제압한 거죠."

볼썽사나울 정도로 만취시킨 사람들을 게메코로 끌어들였고 그 다음엔 고주망태가 된 그들에게 미키지마 선배 일행이 쐐기를 박았다. 게메 씨가 문단속을 우리에게 맡기고 돌아가자 미키지마 선배는 바깥에서 자물쇠를 채운 것도 모자라 문 바깥에 못을 박았다.

이걸로 밤에 게메 씨가 가게에 올 때까지 그들은 다카다노바바 지하에서 나올 수 없게 됐다. 무엇보다도, 어찌되었든 그들은 저녁 나절까지 일어날 수 없을 테지만 말이다.

"'닷사이'에는 수달이 해안에 잡아온 물고기를 늘어놓는 축제라는 의미 외에도, 문헌을 발치에 흩어놓는다는 의미도 있지. 정말로 이번에 고주망태를 만든 건, 네가 생각한 '독서회를 위한 레퀴엠'이었던 셈이야."

"노코멘트입니다."

"뭐가 널 그렇게까지 임하게 만들었나?"

"세이어즈요."

"뭐야, 그 구호 집단 같은 네이밍은."

"미키 선배, 장소에 따라서는 참수해 효시당할 만하다고요, 방금 발언."

"아, 그래."

미키지마 선배는 멍한 표정으로 라운지를 바라봤다. 미스터리 카
페의 준비는 만반이 갖춰져 있었다.

"이 세트, 그대로 사용할 수 있을 것 같은데."

"그러네요."

이러쿵저러쿵 얘기하고 있으니 취연 부원들이 드디어 모이기 시
작했다. 모두가 아무렇지도 않은 얼굴로 자기 것도 아닌 장소를 점
거하고 있으니 뻔뻔하기도 이만할 데가 없었다.

게다가 여기서 장사까지 벌이겠다고 하고 있으니 말이다.

뭐, 오늘은 남자들이 활약해 주기로 하고 나는 뒤로 빠져 볼까 생
각하고 있으려니······.

"······뭐, 뭐예요, 이 의상은."

내 앞에 쑥 내밀어진 건 어느 측면에서 어떻게 봐도 남성용 턱시
도였다.

"너, 남장 어울릴 거 같은데."

"뭐······."

반론하려고 했지만 슬프게도 이 6개월 동안 그게 시간 낭비라는
걸 학습해 버렸다. 10분 후, 왜인지 나는 취연 남자 부원들 사이에
껴서 턱시도를 입고 있었다.

"어울리는군, 술잔. 푸푸풉."

쇼코 선배의 말씀.

"아뇨······. 맨 마지막의 '푸푸풉'밖에 못 믿겠는데요, 저는."

그런 대화를 주고받고 있자니 범람한 강의 붕어처럼 엄청난 손님이 몰려왔다.

"어서 오세요, '취연·미스터리한 주박사 바'에."

원래 있던 간판을 억지로 변경한 탓에 기묘하고 이상야릇한 이름이 되었지만, 손님 쪽에서는 오히려 그게 흥미를 끄는지, 어디 여대생인지 모를 무리가 꺄악꺄악 소란스럽게 굴고 있었다. 게다가 나를 남자라고 착각해서 추파까지 던지는 상황이었다.

에라이, 될 대로 돼라, 이렇게 된 이상 고주망태로 만들어 주겠다.

나는 접대를 시작했다. 술에 대한 지식이라면 주조장집 딸에게 맡길지어다. 썩어도 준치라고. 의상까지 갖춰 입었으니 그런대로 역할에 빠져들 수 있었다.

우리 턱시도 집단은 알코올과 지식을 대량 소비하는 여자들을 상대로 끊임없이 말을·한 탓에, 오후가 다가올 무렵에는 한 명도 빠짐없이 산소 결핍 상태가 됐다.

그런 가운데, 이런 상태로는 할 수 없다면서 누군가가 말을 하더니 손님에게 낼 술을 하나씩 비워 나가기 시작했다. 이건 위험하다고 생각했는데 아니나 다를까 오후가 되자 지식의 논리가 기묘하게 비틀리기 시작했다.

이를테면 데무라 선배의 설명은 이런 식이다.

"이 '몽상산락'이라는 술은 중국에 사는 선인이 우리 집 우체통에 가져다준 술이지. 그래서 우리 집 우체통이 너무 맛있어 보이는 술이라 마셔 버려서, 지금도 우리 집 우체통은 빨간색이야. 이렇게 '몽산산락'이 일본에 오게 됐다, 뭐 그런 거지."

들고 있던 여자아이도 처음에는 열심히 맞장구를 쳤지만, 후반부터는 반쯤은 실소를 머금더니 후반에는 눈에 화난 기색이 역력했다. 그런 일이 여기저기서 벌어지면서 벌써 이매망량. 다행인 점은 준비한 게 평소엔 좀처럼 마실 수 없는 고급주라서, 손님들도 기묘한 지식과 맞물려 아주 적은 양으로도 약간 취한 상태가 되었다는 사실이다. 뭐가 재미있는지 발랄한 손님들이 늘어, 어느 사이엔가 파티처럼 왁자지껄한 상태가 됐다.

"무슨 일이야!"

그런 자리에 일갈을 한 건 말할 것도 없이 청재킷 무리였다. 상대하는 건 으헤헤 웃고 있는 취연의 턱시도 집단.

적진의 선두는 물론 우쓰보 씨. 여기는 미키지마 선배.

"여어, 잠 오줌싸개."

그 카운터펀치로 우쓰보 씨는 노발대발하면서 관자놀이의 혈관을 세우고는 목소리를 부들부들 떨며 말했다.

"이 대학 축제에서 맨 마지막 뒤풀이 외에는 알코올 금지라고!"

"알고 있어, 잠 오줌싸개."

"어미에 이상한 거 붙이는 거 그만두지그래. 애초에 여기엔 너희들이 받은 공간도 아니……."

"우리들은 추리연구회에 새로 가입했다고. 여기는 봐 봐, 당초 예정대로 미스터리 카페거든? 잠 오줌싸개."

미키지마 선배는 그렇게 말하고는 간판을 가리켰다.

"그러니까 어미에 붙이는 거 그만하라니까! 왜 '카페' 글자가 사라지고 '바'가 된 건데? 왜 '주박사'라고 옆에 덧붙여져 있는 건데?'

"저건 누군가 한 낙서라고, 잠 오줌싸개."

극히 서툰 변명이었다.

"그럼 아까부터 마시고 있는 투명한 액체는 뭐냐!"

"뻔히 물이잖아, 잠 오줌싸개."

청재킷 후속부대 사이에서 터진 사람이 한 명. 그걸 신호탄으로 또 한 명이 키득키득거리는 사이에 정신을 차리고 보니 부대는 자멸의 위기를 맞고 있었다. 서서히 '잠 오줌싸개'의 잽이 먹혀들기 시작한 모양이었다. '이놈의 아군이라는 것들.'라는 원망 가득한 표정의 우쓰보 씨는 그런데도 원래대로 가슴을 펴더니 흥, 하고 콧방귀를 뀌었다.

"그렇다면, 한번 냄새나 맡아 보자."

"좋아."

태연하게 답하더니 미키지마 선배가 가져온 건 '몽상산락'이었다. 냄새를 맡은 우쓰보 씨 가로되.

"변명은 못 하겠군. 이건 셰리주 냄새다."

저런. 아쉽지만 틀렸다. '몽상산락'은 대맥 소주를 셰리 통에 담근 것이다. 그러나 '아쉽네요, 오빠.'라는 말 따위 할 수 있을 리 없었다.

"있지, 잠 오줌싸개, 알고 있어? 후각이라는 건 말이지 아무런 증명이 안 된다고. 향을 첨가한 물이라는 것도 있으니까 말이지."

미키지마 선배는 점점 시치미를 뗄 작정인 모양이었다.

"알코올 냄새가 나는 물 따윈 없어!"

"네가 모를 뿐인지도 모르잖아. 뭣하면 한 모금 마셔 보는 건 어때?"

우쓰보 씨는 미키지마 선배를 노려본 채로 유리잔을 입으로 가져다 대려고 했다. 그러자 미키지마 선배가 말했다.

"다만, 대학 축제 개최 기간 중에 집행부라는 자가 알코올을 섭취한 게 되어 버리지만 말이지."

그 말에 우쓰보 씨의 손이 멈췄다.

그가 굳어 있노라니 갑자기 무대 뒤에서 자고 있던 쇼코 선배가 나타났다.

"어라? 어어, 너는…… 우쓰보잖아?"

그 순간…….

우쓰보 씨에게서 분노의 표정이 사라지고 순식간에 얼굴이 분홍빛으로 물들어 갔다.

"<u>쇼쇼쇼쇼쇼코</u> 씨…… . 오랜만입니다."

로봇 같은 말투가 됐다.

쇼코 선배는 그걸 보고 우후후 미소 지으며 말했다.

"이젠 안 해? 자면서 오줌 싸는 거."

아아…….

쇼코 선배, 그래서는 안 돼요.

우쓰보 씨가 다시 원래대로 분노의 제국으로 돌아갔다. 최악이다. 기껏 최후의 보루인 '사모하는 사람·쇼코' 카드를 이렇게 아무런 쓸모없이 써버리고 말다니. 이러니 취연 사람들은 안 되는 거라고 나는 생각하면서 그저 멍하게 서서 사태를 지켜보고 있었다.

"대학 총장에게 전해 두지!"

그 호령에 청재킷 집단이 우향우를 한 순간…….

"자네들, 그럴 필요는 없다네."

낮은 목소리가 공기 중에 울려 퍼졌다.

나타난 건 메기 대장같이 몸집이 큰 노신사였다.

이분은…….

"오쿠타니 총장님!"

청재킷 집단은 예의를 갖춰 경례를 했다.

끝났다.

나는 마음속으로 조용히 외쳤다.

'안녕, 짧았던 학생 생활이여.'라고.

* * *

오쿠타니 총장은 한 모금 천천히 '몽상산락'을 입에 머금더니 그 걸 한동안 혀 위에서 굴린 뒤 유리잔에 퉷 하고 뱉었다.

"어린 주제에 좋은 술을 마시고 있구면."

"질 좋은 술은 질 좋은 학생을 키운다고 도야마 대학 창시자께서 도 말씀하지 않으셨던가요?"

그렇게 말하는 미키지마 선배.

"그런 말 한 적 없네."

농담이 통할 상대가 아니었다. 그러나 미키지마 선배의 당치도 않 은 말은 상대도 장소도 가리지 않았다.

"말씀하셨어요, 어젯밤, 제 꿈속에서."

"……왜 금지돼 있는 알코올을 반입한 건지 대답하시게."

오쿠타니 총장은 미키지마 선배를 압박했다.

"호기심…… 혹은 향학심?"

오쿠타니 총장은 글라스를 테이블에 놓았다.

"이 동아리 회장이 네놈인가?"

"그렇다고도 할 수 있고 그렇지 않다고도 할 수 있지요."

취연이라는 의미에서는 그렇고 추연이라는 의미에서는 아니라는 거겠지.

"자네들, 추연이 아니라 취연 놈들이지?"

그것도 들켰다. 이제 다 틀렸다.

"자네, 학생증 내놓게. 이제 필요 없을 테니. 다른 녀석들은 용서해 줄 테니 지금 당장 여기서 물러나도록."

반론할 여지도 없이 강한 어조로 오쿠타니 총장은 그렇게 내뱉었다.

"잠시 기다려 주세요! 도, 동아리 회장은 접니다!"

아아, 입은 화의 근원.

정신을 차리고 봤을 땐 언제나 나를 곤경에 처하게 만든 뒤인 이 입과 지내기 시작한 뒤로 벌써 20년. 오늘만큼 내 입을 저주했던 적이 없었다.

"호오. 이런이런. 미소년인가 싶었더니 자알 보아하니 여자가 아닌가. 게다가, 회장치고는 꽤나 젊은걸."

오쿠타니 총장은 내게 메기 같은 얼굴을 들이밀었다.

"사랑에 빠진 아가씨가, 남자를 위해 목숨을 내놓는 건가."

"아니, 그거랑은 좀 다른 거 같은데요……."

말을 꺼냈으나, 그 말은 오쿠타니 총장의 큰 웃음소리에 묻혔다.

"좋아. 그렇다면 자네의 학생증을 내놓게."

나는 마지못해 주머니에 손을 넣었다.

그런데, 그 순간 목소리가 들려왔다.

"좋아, 거기까지."

짝, 하고 손뼉을 치는 소리가 들렸다. 다가온 사람은 사사시타 씨였다.

"오쿠타니, 이제 됐지 않나? 자네가 취연을 몹시 싫어하는 건 잘 알고 있네."

"자네는…… 신이치…….'"

하하핫, 하고 사사시타 씨가 웃었다.

"지난주에 왔을 땐 자리를 비웠더구먼. 어쩔 수 없이 오늘 한 번 더 왔네."

"……용건이 뭔가!"

분노하는 오쿠타니 총장의 어깨를 "자자." 하고 두드리며 사사시타가 말했다.

"그러고 보니, 얼마 전에 나호가 그러더라고, 자네 잘 지내냐고 말이지."

"……."

아무래도 나호라는 사람이 공통의 지인인 것 같았다.

'오쿠타니'라고 부르는 걸 보아하니 두 사람은 오래 알고 지낸 사이 같았다. 어쩌면 대학 시절 학우일지도.

"'남자로는 안 보이는데, 상냥한 부분이 멋졌어.'라고 말이지. 지금 오쿠타니는 어떻게 지내고 있을까 하는 게 화제가 돼서, 보고 와야겠다는 생각에 이렇게 모교까지 오게 됐네."

"한가하고만, 여전히."

"사장 일이라는 게 도쿄를 싸돌아다니는 일이 전부인 거나 다를 게 없어서 말이지. 그보다, 나호는⋯⋯ 길어야 앞으로 반년일세."

"⋯⋯!"

오쿠타니 총장의 얼굴이 시퍼렇게 질렸다.

지금까지의 위엄이 어디론가 날아가고 사랑에 빠진 청년의 면모가 나타났다.

오쿠타니 총장은 한번 내려놓았던 '몽산산락'을 꿀꺽 단번에 비웠다.

기분 탓인지 회춘한 것 같았다.

술의 마력에 쓰이기라도 한 것처럼.

"아픈 건가?"

"그래. 그래서 나는 요새 반년 동안은 나호가 알고 싶어 하는 걸 조사해서 알려다 주는 심부름꾼일세. 나호가 몸담았던 동아리를 없애려는 기분 나쁜 대학 총장이 되어 있었다고 내가 가서 말하게 할 셈은 아니지?"

몸담았던 동아리?

그 말에 오쿠타니 총장은 잔을 내려놓고 사사시타 씨에게 달려갔다.

"부탁이네, 한 번만 그녀를 만나게 해 줄 수는 없나?"

"나호가 바랄지는 모르겠지만, 물어볼 수 있으면 물어보겠네. 어쨌든 오랜만에 만났는데. 한잔하지 않겠나?"

무슨 일이 벌어지고 있는지도 모르는 채 우리들은 그저 사태가
흘러가는 모양을 지켜보고 서 있었다.

이윽고 오쿠타니 총장은 크게 끄덕이더니 등 뒤로 물러서 있던
청재킷 집단에게 말했다.

"우쓰보 군, 이제 그만 물러나게나."

"하, 하지만, 이 녀석들을······."

"명월제는 원래 가을밤에 학생들이 달을 완상하며 달아오르는 축
제일세. 당연히 술 반입은 환영이라고!"

"아니······!"

"애초에, 자네는 뒤풀이에만 알코올 허용이라는 게 좀 어정쩡하
다고 생각지는 않나?"

"아니······. 그건 총장님께서······."

"뭐라고 말했나?"

"아뇨······."

"어쨌든, 철수하게!"

"네, 넵!"

세계는 내 손이 닿지 않는 곳에서 때로는 급속한 스핀이 걸리곤
한다.

청재킷 일당이 사라진 것을 지켜본 뒤, 사사시타 씨는 내게 윙크
를 하고는 오쿠타니 총장과 어깨동무를 하고 사라져 갔다.

"슬슬 우리들도 한계에 다다른 거 같은데. 추연 부원들이 눈 뜰
시간이라고."

시간은 오후 3시를 가리키고 있었다.

"앞으로 한 시간 벌어들이고 나서 철수하고 어디선가 한잔하자고. 자, 마지막 스퍼트다!"

예이! 기합을 넣고는 턱시도 차림의 취연 부원들은 다시 있는 힘껏 접객에 나섰다.

나는 폴싹 그 자리에 주저앉고 말았다.

미키지마 선배가 그런 내 어깨에 손을 얹었다.

"무리했구나?"

"……."

대꾸를 하려는데 나온 건 말이 아니라 눈물이었다. 나는 이유도 모르고 어린아이처럼 계속 울었다.

* * *

간발의 차. 게메코에 유폐되었던 추리연구회 부원들이 안색을 바꾸고 나타난 것과 우리들이 점포를 정리하고 철수한 것은 그야말로 한 끗 차이였다.

자리를 뜨면서 뒤처리를 엉망으로 해 둔 선배들 덕분에 정리를 하고 있던 탓에, 맨 마지막에 자리를 뜨게 된 나는 맨 먼저 나타난 나시키 선배와 정면으로 마주치게 됐다.

그러나 남장이 효과가 있던 건지 안경을 끼고 있던 게 운이 좋았던 건지, 눈이 마주쳤는데도 그는 나를 알아보지 못한 것 같았다.

휴, 하고 한숨을 내쉬고 나는 모두가 기다리고 있는 게메코로 향했다.

길게 이어지는 술자리는 평소와 다를 게 없었으나, 평소보다도 분발했던 만큼 다양한 술을 가져온 덕분인지 모두의 안색이 좋아 보였다. 미주는 물보다도 더 물 같다는 법칙대로, 하늘이라도 오를 기세로 계속해 술을 들이부었다.

이 세상에는 아무리 마셔도 질리지 않는 맛있는 술이 존재한다. 거기에 둘러싸이면 사람이 기뻐하고 신이 기뻐하는 것이다. 과연, 왠지 모르게 축제답지 않은가.

한 시간 정도 지났을 때, 미키지마 선배의 모습이 보이지 않는다는 사실을 알았다.

"그 녀석이라면 바깥에 나갔어."

뱃살의 대활약으로 틱 하고 튕겨져 나간 와이셔츠 단추를 찾으면서 성실하게 대답해 준 오야마 선배에게 감사를 표하고, 나는 물건을 사러 나가는 척 가게를 나섰다.

미키지마 선배를 발견하는 건, 생각 외로 간단했다.

지하에서 지상으로 올라가는 층계참에 걸터앉아 있던 것이다.

선배는 내게 "여어." 하고 말했다.

"뭐 하고 계세요, 이런 데서."

"달을 보고 있지."

"네?"

달 같은 건 떠 있지도 않잖은가.

하늘은 먹구름이 아직도 빼곡했다. 좀처럼 9월의 구름이 자리를 틀고 앉아서는 비켜주지 않고 있었다. 그런데, 달을 보고 있었다고?

미키지마 선배는 이중으로 쥐고 있던 컵을 빼더니 '히야오로시'를 따라 주었다.

"음력 8월, 올해로 치자면 딱 이맘때 즈음에 달로 돌아간 여자가 있다고 생각해서 말이지."

"가구야히메 말인가요?"

이전에도 미키지마 선배의 입에서 가구야히메 이야기가 나온 적이 있었다.

"그래, 달의 죄인 말이지. 그녀는 결국 달에서 무슨 죄를 범했던 걸까?"

"최고(最古)의 SF 수수께끼 풀기네요."

"아마도 정말 좋아하던 남자가 달에 있던 거겠지. 그리고 그 사랑이 뿌리 깊이 죄스러웠기 때문에 쫓겨난 거였을 거야. 지구의 남자들에게 흔들리지 않았던 건 그 때문일지도 몰라."

툭하고 신기한 이야기를 들려주는 미키지마 선배의 머리를 가을바람이 쓸었다.

그러더니 선배는 갑자기 화제를 바꿨다.

"오늘 계셨던 사사시타 씨는 우리 동아리 창시자로, 당시 오쿠타니 총장도 일시적으로 소속된 적이 있는 것 같아. 그러나 삼각관계에서 져서 동아리를 나갔지. 그 뒤로 오쿠타니 총장은 술을 좋아하면서도 술을 마시는 학생을 싫어하는 비뚤어진 정신 구조를 가진 사람이 됐어."

"그게, 이번 학교 축제의 금주 소동의 기저에 있던 거로군요."

"뭐, 결과적으론 좋았잖아? 이거야말로 대학 축제의 참맛이지."

"……무슨 뜻인가요?"

"원래 대학 축제라는 게 학교 전통을 계승하면서 발전시키는 기념 행사라고. 40년도 더 된 옛 삼각관계의 와해라는 한 막은, 충분히 발전적이라고 말할 수 있지 않겠어?"

"으음……. 그럴지도 모르겠습니다만……."

"그건 그렇고 뭐, 이번엔 네 활약 덕분에 크게 즐길 수 있었어."

"그렇게 말씀해 주시니 감사하네요."

"술잔, 인간이란 말이지 뭔가 찔리는 게 있을 때 더 열심히 일하는 것 같다더라고."

"……무슨 의미인가요?"

"그 말대로의 뜻이야. 가구야히메가 그랬지. 조부모에게 효행을 하고, 하고 싶지도 않은 맞선 의뢰를 몇 번이고 받아들였지. 일종의 죄를 줄이고자 하던 심산이었을 거야."

나는 침을 꿀꺽 삼켰다.

미키지마 선배는 '히야오로시'를 홀짝 비우더니, 다시 따르면서 말했다.

"너지? 광고지 훔친 거."

보름달이 검은 구름 틈새로 나타났다.

바람이 불었는데도, 내 뺨은 달아오르기만 했다.

어째서 들켜 버린 거지?

나는 종이컵 안의 술을 단번에 비워 버렸다.

* * *

"학교 축제 집행부실에서 대량의 광고지가 사라졌다니, 아무리 생각해도 혼자 할 수 있는 일은 아니야. 그게 하룻밤 사이에 벌어진 일이라고 한다면 조직범이라고 보는 게 타당하지. 신경이 쓰인 건 데이터까지 지워졌다는 사실이야. 나는 거기에 범행 동기가 있을 거라고 봤어."

거기서 미키지마 선배는 말을 끊었다.

턱시도 재킷을 벗더니 내 어깨에 걸쳐 줬다.

"……감사합니다."

"나는 광고지에 찍혀선 안 될 게 찍힌 건 아닌지 생각했어. 명월제 포스터라면 도야마 대학 심벌이기도 한 이와쿠마 강당 시계탑 부분이 중앙에 오는 게 정석이지. 아마도 올해도 같았을 거야. 그럼 대체 어디에 문제가 있던 걸까."

"어디에, 문제가 있었느냐고요?"

"'까마귀한테 말풍선 붙여서 '비상하자'라고 적어 둔 걸작 포스터였는데.'라고 우쓰보는 말했지. 나는 그걸 들은 순간, 문득 짚이는 게 있었어. 지난주 금요일 이와쿠마 강당에서 청재킷을 입은 애들이 카메라를 들고 촬영을 하고 있었지. 나는 우연히 신 이와쿠마 회관 뒤쪽에서 해야만 하는 일이 있어서 거기에 있었어."

"흠, 해야만 하는 일 말인가요."

"뭐냐?"

"아무것도……."

185

"뭐, 됐다. 그래서 그때 이와쿠마 강당 시계단에 때마침 커다란 까마귀가 한 마리 앉아 있었지. 그러니까 포스터 사진은 그때 찍었다고 생각할 수 있지."

"그게 어쨌다는 거죠?"

"……글쎄다."

미키지마 선배는 거기서 말꼬리를 흐렸다. 선배는 알고 있는 것이다. 그래도 그 추리를 입에 올리는 게 나를 추궁하는 셈이 되는 걸 알고 있는 게 분명했다. 그래서 입을 다물고 있는 것이리라.

나는 뾰로통하게 말했다.

"맞아요. 저, 그 포스터에 찍혔어요. 촬영하고 있던 게 명월제 집행부 남자애들이어서 무슨 목적으로 찍고 있는 건지는 금방 알았죠. 분명 지난해 포스터도 잔뜩 학생들이 찍힌 이와쿠마 강당 사진이었으니, 올해 명월제 포스터로 쓸 생각이란 걸 알았죠."

"됐어. 이제 이 얘긴 그만하자."

"……교활하시네요."

끝까지 얘기 못 하게 하다니, 교활하다.

그날, 나는 미키지마 선배의 뒷모습을 보고 있었다.

그때 오른편에 그 커다란 까마귀가 있었고, 시계단 위의 시곗바늘은 12시를 가리키고 있었다.

만일 포스터를 미키지마 선배가 봐 버린다면, 그리고 미키지마 선배가 시계단의 상태를 기억하고 있다면, 그날 내가 미키지마 선배의 뒷모습을 보고 있었단 걸 들키고 만다.

그렇게 된다면 미행하고 있었다는 오해를 살지도 몰랐다. 그것만큼은 무슨 일이 있어도 피하고 싶었다.

"알고 싶어?"

"……뭘요?"

"내가 그날 신 이와쿠마 회관 뒤편에서 하고 있던 일."

"괜찮아요, 그냥."

"과연. 그렇게나 알고 싶다면 말해 줄게."

"괜찮다고 말했잖아요."

"촬영하고 있었어."

"네?"

촬영?

예상 외의 단어에 움찔했다.

"이거 응모하려고."

미키지마 선배가 품에서 꺼내든 건 '명월제 영화 콘테스트'의 광고지였다.

"영화……요?"

"웃지 마. 대학 들어오자마자 영화 동아리 애들하고 성격이 안 맞아서 싸우고 나왔어. 그래서 취연에 흘러 들어와 자리를 잡았고, 3년 동안 향연, 향연, 또 향연의 매일이었지. '발 디딤판'인 건 분명한 게, 의외로 좋은 워밍업이 됐단 말이지. 이 세상에 쓸데없는 일은 없단 말이야."

"왜…… 몰래?"

"원래 연예계에 있던 사람한테, 풋내기가 이제 와서 '카메라 좀 쥐어 봤습니다.'라고 말할 수 있겠냐?"

"……말할 수 있죠. 전혀 부끄러운 일이 아닌데……."

미키지마 선배에게도 꿈이 있었고, 딱히 술을 위해서만 존재하는 남자는 아니었던 것이다.

"설마하니, 여름방학 시작하기 전부터 하신 거예요?"

"배우를 모집하고 있었어. 그래서 그 면접 때문에 자주 에이스케에서 빠져나갔던 거고."

"그렇다면…… '키스는 괜찮아?'라는 게 그……."

"키스 신. 결국 그만뒀지만."

말도 안 되는 착각을 하고 있었다. 나는 얼굴에서 불이 뿜어져 나오는 걸 넘어서서 불에서 얼굴이 나올 것 같을 정도로 부끄러워졌다.

"콘테스트 결과는요?"

"낙선. 그래도, 나쁘지 않아. 목표는 작품을 형태로 만드는 거였으니까. 이래저래 하는 방법도 보이기 시작했고."

"……말해 줬으면 좋았을 텐데."

말해 줬으면 좋았을 텐데……. 그뿐이었을까?

왜 이렇게 쓸쓸한 기분이 드는 걸까, 나는 생각했다.

이 시간이 되면 다카다노바바 일대는 술에 잔뜩 취한 샐러리맨과 학생들이 여기저기 넘쳐났다. 결코 깨끗한 길거리는 아니었다. 별도 고향인 도쿠시마 쪽이 훨씬 더 아름다울 것이다.

그런데도, 오늘 밤 보름달은 왜 이렇게나 아름다운 걸까?

"영화 감독이 되고 싶은 거예요?"

"되고 싶었지. 그래도, 목표를 잃어버렸어."

"왜요……?"

"왜일까."

미키지마 선배는 웃었다.

"목적이란 게 때로는 달처럼 구름 너머로 숨어 버리곤 하잖아. 인간이라는 것도 아무리 발아래를 똑바로 보고 있다고 하더라도 문득 어떤 타이밍에는 뭘 위해 살고 있는지 모르게 되는 생물이라고. 그래서 아마도 달을 보는 거겠지. 달이 뜨지 않는 밤에는 '그런 거지.'라고 포기할 수 있고, 또 달이 뜬 밤에는 '좋아, 그렇다면 나도!'라고 할 수 있잖아."

나는 미키지마 선배라는 사람을 오해하고 있었는지도 몰랐다. 선배에게 고민 따윈 없을 거라고 생각했다. 모든 걸 바다 밑바닥 같은 눈동자로 파악하고 있어서, 이 세상의 이치를 고루 꿰뚫어보고 있다고 말이다.

틀렸는지도 모르겠다.

미키지마 선배 역시 사람의 자식. 달이 보이지 않는 밤도 있었다.

"달이 보이지 않는 밤에는, 어떻게 하시나요?"

"마시지. 마시는 중에 달도 뭣도 아닌 다른 게 보일지도 모르고, 그게 더 즐거울지도 몰라. 그렇게 들떠서 시끄럽게 굴다가 취기에서 깨어나면 다시 달이 떠 있는 경우도 있어."

미키지마 선배는 양손의 검지와 엄지로 프레임을 만들더니 달을 담았다. 그대로 프레임을 내 쪽으로 향했다.

"매니저 통해 주세요."

나는 얼굴을 손으로 가리고 막았다.

"알고 싶지 않아요? 제가 어떻게 광고지를 없앴는지."

"안 들어도 알아."

"네?"

"아까 사사시타 씨가 윙크했지? 그거 보고 금방 알았어. 사사시타 씨가 CEO로 있는 주식회사 리큐르 사는 전통 있는 리큐르 회사야. 술 포장할 때도 최근에는 재생지를 이용하는 것 같더군. 3만 장이나 되는 광고지를 손에 넣으면 꽤나 도움이 되겠지."

"……."

"너는 아역 배우 시절에 다진 연기 혼을 불태워 '수수께끼의 미녀'를 연기해 광고부 두 사람을 완전히 뻗게 만들었겠지. 밤중에 우리들이 불러냈을 때 화장을 하고 있던 건 그것 때문일 테고. 뒤풀이용 맥주 박스가 사라진 건 두 사람이 들이마시게 한 것 때문일 거야. 그 틈에 사사시타 씨에게 연락을 했을 테고. 광고부 두 사람도 말 못하지, 자기들이 여자한테 속아서 만취했다고는."

그렇다. 그 말대로 그들은 비밀을 쭉 지키고 있는 것 같았다.

사사시타 씨는 좋은 분이었다.

'곤란한 일이 있으면 언제든 불러 주시게.'

대량의 광고지를 앞에 두고 생각난 건 주조장에 있을 적, 우리 집에 출입하던 거래처 주조 업체 사람들의 얼굴이었다. 그들은 계산기를 들고 다니면서 경비를 계산했다. 그때 패키지 가격을 낮추기 위해 고민하던 모습이 떠올랐다.

광고지 재활용 얘길 꺼내자 사사시타 씨는 "뭔가 사정이 있는 게로군."이라고 말했으나, 결국 그 사정을 묻지도 않고 곧장 아랫사람들을 보내 밤중에 빼내 갔다.

"약 150kg이나 되는 종이도 기업의 힘을 빌리면 하룻밤 만에 어떻게든 돼. 그게 가구야히메의 죄였던 거지. 그 죄책감에 너는 취연을 떠나 테러 활동까지 받아들이고, 멋지게 추연 부원 전원을 고주망태로 만드는 무리한 난제까지 완수했어. 그림으로 그린 것 같은 가구야히메로군."

"달로 돌아가겠습니다."

"돌아가라, 돌아가."

미키지마 선배는 웃었다.

"언제부터 알고 있었어요?"

"네가 말했지? '광고부 남학생 두 명이 열쇠를 걸었다는 게 사실이라면…….'이라고."

"네, 말했는데요."

"우쓰보는 성별까지는 언급 안 했다고."

"앗……."

나는 자발적으로 힌트를 제공해 버린 것이었다.

미스터리 애호가 실격…….

내 이상한 실망감을 미키지마 선배는 눈치 채지 못한 것 같았다.

"……있지, 술잔. 중요한 건 본인에게 묻는 버릇을 들이라고. 안그러면 어디선가 길을 잘못 들게 된단 말이야. 달도 보이지 않게 되고."

그럴 수만 있다면, 인간은 그렇게 힘들지 않을 것이다.

묻고 싶은 걸 물을 수만 있다면 나는 좀 더 다른 삶을 살아왔을 것이다.

그래도 그렇게 말할 수는 없었다.

"네에."

도망치듯 고개를 돌렸다.

"또 여배우 해라. '수수께끼의 미녀'도 멋지게 연기해 낸 것 같으니까."

"……멋지고 자시고 그런 범위의 문제가 아니라고요, 그런 건."

여배우는 서툴러도 살아갈 수 있다. 문제는 기분이다. 개헤엄 치듯 헤엄쳐도 수영 선수를 목표로 하는 게 불가능하지는 않다. 그저 거기에 목적도 욕구도 설정하지 못한다면 꿈 따윈 그릴 수가 없었다.

대중을 취하게 만드는 데 흥미가 없는 여자는 여배우 같은 게 될 수 없었다.

"내 실력이 좀 더 좋아지면, 곧 널 써 주지."

시간이 멈췄다.

번잡한 길거리의 소음은 여전하고, 주정뱅이들이 웃으며 빈 캔을 발로 차 날리는 소리는 불쾌감 이상도 이하도 아니었다. 그래도 그런 소리까지도, 멈춰 버린 시간 속에서는 선명한 음악처럼 울려 퍼졌다.

"저, 꽤나 카메라 워크에 간섭 많이 한다고요. 제대로 실력 키우셔야 할걸요."

"예예."

정신을 차리고 보니 입은 귀여움이라곤 일말도 없는 말만 내뱉고 있었다. 그 주제에 입과는 반대로 몸은 애태우듯이 뜨겁고, 어딘가에 기대지 않으면 쓰러질 것만 같았다.

지금 나는 태어나서 처음으로 정말로 취해 있는지도 모르겠다고 생각했다.

　밤하늘을 보니, 이 정신없이 바빴던 죄 깊은 며칠을 용서받는 기분이 들었다.

　길거리의 네온사인에도 옅어지는 일 없이, 달에 취해 제자리로.

눈에 취하는
로직

긴 터널은 청춘과 닮았다.

그 폐쇄감은, 그 뒤에 기다리고 있을 세계의 존재 자체를 잊게 만들었다.

그렇다고는 해도 히노 산 터널을 빠져나오면 그곳은 이미 설국이라는 건 알고 있었다. 원래대로라면 겨울 MT에 참석해 취연 부원들과 야간 버스로 이 터널을 빠져나갈 예정이었기 때문이다.

안개 섞인 찬 밤공기가 가볍게 귀를 감쌀 때 술과 어리석은 대화만 있다면 타성과 서정의 하이브리드를 즐기는 것도 가능했으리라.

그러나 실제로 히노 산 터널을 빠져나온 것은 야간 버스가 아닌 대낮에 쿠션감이 거의 없는 낡아 빠진 왜건에 몸을 맡긴 채로였다. 그 차의 겉에는 꾀죄죄한 흰색으로 '사카즈키 주조장'이라는 청색 로고가 찍혀 있었다.

"너 말이야, 12월 27일, 비워 둬."

언제나처럼 불합리한 우리 아빠에게서 그런 지시가 내려온 건 대학 리포트 제출을 끝낸 지난주 20일이었다. 겨우 한숨을 돌리고 이제 막 겨울 MT 계획을 세우자고 취연 부원들과 다 같이 흥분하고 있기 무섭게 걸려온 전화였다.

"왜? 연말엔 어차피 집에 돌아갈 건데."

볼멘소리로 말해 봤으나 아빠 그런 나를 전혀 개의치 않았다.

"됐으니까 비워 둬. 일정 잡으면 네 손가락에 코 쑤셔 박을 테니."

"아빠, 반대겠지. 코에 손가락 집어넣는 거라고. 그리고 더러워."

"뭐든 상관없다!"

전화가 끊겼다. 입장이 불리해지면 아빠는 난폭하게 전화를 끊는 버릇이 있었다. '이런 불쾌한 전화 따위 없던 일로 해 주면 안 될까.' 하고 생각했다. 그러나 직후에 엄마가 전화를 걸어왔다.

"미안해, 조코야."

"대체 무슨 일인데, 엄마."

"조코야, 부탁인데 저 사람 평생 딱 한 번 부리는 고집이라고 생각하고 좀 들어다오."

호들갑이었다. 이런 말에 속을 내가 아니다.

"3년 전에도 미성년자였을 때 평생 딱 한 번 부리는 고집이라면서 새 술맛을 봐 달라고 했잖아? 거절했지만."

그때엔 아직 아빠의 비밀스러운 주당 교육의 실태도 모르고 술을 마시면 무서운 일이 벌어지는 건 아닐까 생각했었다.

"그…… 그랬지? 그때 거절했으니까, 지금 들어다오."

약삭빠르다. 게다가 엄마는 뻔했다. "조코야, 부탁해."라고 말할 때엔 대체로 어딘가 뒤가 켕기는 얘길 했다. 돌이켜 생각해 보면 어릴 적에 아빠에겐 비밀로 하고 도쿄에 오디션을 보러 갔을 때에도 "조코야, 부탁해."랬다.

그리고 결국 나는 그런 두 사람의 손에 큰 딸의 슬픈 천성으로 이번 겨울 MT를 취소하고 '부탁해'와 '고집'을 들어주게 돼 버린 것이다.

"뭐, 네 몫까지 꼭 마셔 줄 테니 안심하라고."

밤새도록 행해진 올해 마지막 회합이 한창일 때 불참 의사를 전하니, 미키지마 선배는 그렇게 말하며 어깨를 툭하고 토닥였다. 꿍했지만 대체 뭐에 화가 난 건지 알 수 없는 소화불량 같은 기분을 품고 새벽녘에 기숙사에 돌아와 겨울 방학을 맞이하고 말았다.

더는 연내에 취연 부원들을 만날 기회가 없다고 생각하니 괜히 적적해졌다.

돌이켜보면 요 1년 동안, 중고등학교 반 친구들보다도 긴 시간을 그들과 딱 붙어서 보내면서 매일 밤이 멀다 하고 이야기를 나누며 지새우곤 했다.

그런 감상에 젖어 있는 동안 히노 산 터널이 끝났다. 회색과 흰색이 빚어내는 옅은 세상이 갑자기 눈앞에 나타났다.

처음 밟는 지역이었다. 딱 한 번 영화를 촬영할 예정이 잡힌 적이 있었다. 그때엔 이미 소녀 시절이 끝났다고 해도 좋을 무렵으로, 일이 없어져 자연스레 업계에서 존재감을 잃어 가고 있을 시기에 들어온 의뢰였다. 설국을 무대로 한 영화 「사사메」.

소꿉친구와의 결혼을 목전에 둔 남자 앞에 그의 운명을 꼬이게 만드는 소녀 사사메가 나타나 눈 쌓인 조용한 마을의 일상이 붕괴해 간다. 퇴폐적인 아름다움을 섬세하게 끊어 내기로 유명한 영화 감독 고다마 나기사의 각본·감독 작품으로 세계적인 영화상도 받는 게 아니냐는 소문도 돌았다.

고다마 감독은 제발 나를 주연으로 찍고 싶다고 말해 줬으나, 결국 나는 거절했다. 온천에 들어가는 신이 있던 것이다. '기껏해야 그뿐이지.'라고 어떤 사람들은 말할지도 몰랐다.

그래도 사람들 앞에서 어깨를 드러내는 짓은 아무리 연기라고 해도 당시 내게는 생각할 수 없는 일이었다. 그때까지 들러붙어 있던 아역 이미지를 불식시키기 위해서라고는 했으나 무리인 건 무리였다.

단지 엄마가 무심코 나서서 한 번 오케이를 한 터라 내가 주연을 맡는다는 소문이 일부 주간지에 나돌아서, 영화사가 대처하는 데 고역을 치렀다고 들었다. 그런 일도 업계에 있기 어렵게 된 사정의 한 가지이기도 했다.

학생 기숙사 앞에 흰 왜건 차량으로 마중 나온 아빠에게 후쿠이에 갈 거란 얘기를 들었을 때 오랜만에 그 시절 일을 떠올렸다.

"왜 후쿠이에?"

나는 계속 신경 쓰이던 것을 마침내 물었다.

"결혼."

"뭐?"

기분 나쁜 예감이 들어 나는 쏘아붙이는 시선을 아빠에게 던졌다.

그러자 그 시선에 아빠는 허둥댔다.

"아, 아냐아냐, 네가 아니라, 술."

"술?"

"우리 '쓰키노네' 술독에 '하쿠세쓰 주조'의 '유킨코'를 담그면 재미있는 맛이 나지 않을까 하고 기이치 그 녀석이 말하지 뭐냐."

기이치라는 사람은 아빠의 소꿉친구로 원래는 도쿠시마에 살았으나 대학 졸업 후에 후쿠이 주조장집 딸과 결혼해 데릴사위가 되었다. 정월에 한두 번 우리 집에도 온 적이 있어 기억하고 있었다. 몸 전체가 옆으로 넓고 대담함만이 전면으로 드러나 있는 우리 아빠와는 달리 야윈 기이치 씨는 어딘가 우아한 분위기가 감돌았다. 동갑이더라도 나이를 먹는 방식은 제각각이라고 진지하게 생각했던 걸 떠올렸다.

"술독 짝짓기는 아무래도 좋은데, 궁금한 건 왜 거기에 내가 따라가야만 하는 거냐고요."

"봐라, 눈이 하얗네."

"저기요……."

이런. 거짓말이 서툰 건 엄마도 아빠도 마찬가지였다. 뭔가 꾸미고 있는 건 분명했다.

성가신 여행이 될 것 같았다.

난 흰 한숨을 왈칵 토해 냈다.

* * *

"나 후쿠이에 처음 와 보네."

가족이랑 있으면 예전부터 자연스럽게 도쿠시마 말투로 돌아갔다. 이런 때에 말은 공기와 하나가 되어 있다고 느꼈다.

차라리 이 방언째 내다 버릴 수만 있다면 조금은 살아가는 게 편해지지는 않을까 하는 생각을 할 때도 있었다. 그러나 가족도, 말도, 출신도 간단히 탈피할 수는 없었다. 그건 옷 같으면서도 좀 더 피부에 가까운 것이기 때문일지도 몰랐다. 옷과 피부 사이에 있는 무언가. 그런 게 해를 거듭할수록 앞으로도 늘어가게 될까?

대학교 4학년이 되면 취업 활동을 시작해 어딘가 회사에 취직해 거기서도 새로운 굴레가 생기나 그걸 간단히 벗어날 수 없다고 말하면서 뾰로통한 얼굴로 취하지도 않는 주제에 추하이 캔이나 비우고 있을까.

불만스러운 표정을 지으면서도 그것들을 차마 버리지 못하고 살아가고 있는 자기 자신에 대한 참을 수 없는 혐오감.

또다시 스튜어트 서트클리프적인 우울함이 덮쳐 왔다.

결국 아직까지도 어떤 사람이 되지 못한 나는 사투리를 쓰는 걸로 조금은 숨 쉬는 게 편해지는 듯했다.

그래도…….

"그려. 시코쿠도 좋지만, 겨울의 후쿠이는 공기가 쩡하고 긴장돼 있어서 좋지. 이런 기후에서만 나는 명주라는 것도 있고."

아빠는 그러더니 '유킨코'가 얼마나 맛있는 술인지에 대한 해설을

202

시작했다. "호오."라든가 "헤에." 같은 맞장구를 랜덤으로 섞어 치면 대화는 무탈히 진행됐다. 아빠의 얘기는 해가 갈수록 길어졌으나 요약하자면 '유킨코'의 목넘김이 쌉쌀하지만 후련하게 코를 뻥 뚫는 것 같은 깔끔함이 있어 이 '코를 뻥 뚫는 느낌'에서는 어떤 명주에도 굴하지 않는다는 것 같았다.

"그 '유킨코'를 우리 '쓰키노네' 술독에 재우면 뭐 좋은 일이라도 있어?"

"몰라. 주조는 도박이니까. '쓰키노네'의 순한 맛이 어떤 식으로 감돌게 되려나. 설마하면 물과 기름처럼 맛없고 질 나쁜 술이 될 수도 있지. 결혼이랑 마찬가지라고."

"뭐?"

"결혼도 주조도 도박이잖아. 잘될지 어떨지 모르는 일이라고. 그런데 말이지 돌다리를 두드리듯 '좋아. 오케이.'라는 게 절대로 없지. 책임이라든지 각오 같은 거 말이야, 그런 건 뛰어든 다음에 배우라이 말이지."

나는 아무 말도 하지 않았다. 맞장구도 치지 않았다. 아빠의 속셈이 조금씩 보이기 시작한 것 같았기 때문이다.

차내에는 트래비스의 명반 「더 맨 후(The Man Who)」가 흘러나오고 있었다. 개인적으로는 겨울에만 듣고 싶은 앨범이었다. 매년 음악 취향이 아빠랑 비슷해져 가는 게 싫었으나 피와 싸워 이길 수는 없었다.

와이퍼는 창에 내려 쌓인 눈을 전부 닦아내지 못하고 고전 중이었다. '자동차 회사도 슬슬 와이퍼를 대체할 만한 새로운 장치를 개

발하면 좋을 것을.' 하고 생각하고 있노라니 차가 갑자기 속도를 늦췄다.

"다 왔다."

체인 타이어가 짤그락거리며 커다란 일본식 가옥 앞에서 오른쪽으로 돌더니 문 안으로 들어갔다.

하쿠세쓰 주조의 문양이 들어간 하오리를 입은 젊은 남자들이 일제히 늘어서더니 고개를 숙였다. 손에 삽을 들고 있는 걸로 봐서는 제설 작업 중인 듯했다.

이윽고 집 문이 열리더니 감색 기모노를 입은 남성이 등장했다.

기이치 씨였다. 전에 뵀을 때보다 꽤나 백발이 성성해진 데다 눈매가 상냥해졌다.

"잘 왔네그려. 어라? 옆의 미인은 누구신가?"

차에서 내려 인사를 했다.

"조코구나! TV에 나올 때보다 몇 배는 더 예뻐졌네."

"사교성은 반 토막 났지만요."

오늘은 대학교 관계자가 없어 코트 주머니에 안경을 넣어두고 있다는 걸 생각해 내곤 묘하게 기분이 안정되지 않았다. 언제부턴지 완전히 안경 의존증에 걸려 있었다.

열려 있던 문으로 또 다른 사람 그림자가 나타난 건 그때였다.

눈이 쌓인 경치를 향해 흰 숨을 토하고 적적한 듯 애매한 웃음을 짓고 있는 그 얼굴은 기이치 씨의 DNA가 느껴지면서도, 이 애매한 하늘색을 연상케 하는 시정(詩情)을 띠고 있었다.

"오오, 기세키, 이리 오거라!"

기이치 씨는 그 청년에게 손짓을 했다. 기세키라고 불린 청년은 훗 하고 쓴웃음 섞인 작은 한숨을 토하더니 종종걸음으로 다가왔다.

"우리 집 차남인 기세키라네. 기쁠 희(喜)에 산세키(三蹟)*의 적(蹟)자를 써서 기세키. 잘 부탁하네."

"아……. 네, 저야말로."

그렇게 대답하니 기이치 씨의 눈에 왜인지 얼핏 눈물이 맺힌 듯이 보였다.

왜 여기서 우는 거지?

"잘 자라 줬군그래."

아빠는 한 번 만난 적이 있는지 친근하게 기세키 씨의 어깨를 두드렸다.

"어떠냐, 조코. 이 남자라면 불만 없지?"

"……뭐가?"

기분 나쁜 예감의 적중률은 이 아빠에 대해서는 매년 상승하는 경향이 있는 듯했다. 특히 그 눈이 정처를 못 찾고 있으면 요주의.

"뭐라니, 당연한 거 아니냐. 기세키를 말이지, 우리 집 데릴사위로 들일까 생각하고 있다."

그러시겠지.

그렇지 않다면 여기까지 내가 따라올 이유가 없으니까.

기이치 씨 눈에 맺힌 눈물의 이유도 이걸로 알게 됐다. 아까 전의 대답으로 완전히 오해를 샀는지도 몰랐다.

---

* 헤이안 시대 3대 서예가 중 한 사람.

나는 하늘을 올려다봤다. 잿빛 하늘을 교차하는 싸락눈이 피부에 닿아 놓았다.

왜인지 괜히 미키지마 선배를 만나고 싶었다.

* * *

왁자지껄한 노랫소리가 들려온 건 짐을 내려놓고 방에서 한숨 돌렸을 때였다.

재료를 들이는 노래라는 건 금방 어조에서 알 수 있었다. 지방이나 주조장에 따라 노래는 달랐으나 술의 재료를 들일 때 남자들이 이 노래를 부르면서 누룩을 뒤섞는 모습은 전국이 똑같았다.

노래를 부르는 데엔 몇 가지 이유가 있다. 우선 노래를 부르고 있으면 잠이 오지 않았고 추위를 달랠 수 있었다. 그리고 무엇보다도 모두가 리듬감 좋게 한 덩어리가 되어 뒤섞어야 하기 때문에 노래야말로 하나로 단결하게 만드는 데 좋은 수단이었다.

노래 종류도 작업 과정마다 달라서 노래를 들으면 지금 뭘 하고 있는지 금방 알 수 있었다. 아무래도 지금은 한창 재료를 들이는 중인 것 같았다.

재료 들이기란 술밑을 첨가해 발효시키는 거르지 않은 술을 만드는 작업으로 술을 빚는 맨 마지막 공정이다. 이게 끝나면 주장은 주조장 주인에게 맨 첫 잔을 가지고 가서 맛을 본다.

어릴 적 생각이 났다.

아침 일찍 눈을 뜨면 주조장 쪽에서 노랫소리가 들려왔다. 카디건을 걸치고 부엌으로 가면 엄마가 도와주러 온 여성들과 "아아, 번거롭네."라고 투덜거리면서 점심 식사 준비를 하고 있었다. 주조장에서 일하는 남자들 몫까지 만들기 때문에 오전 중에 한가득 준비하는 것이었다.

"좋지 않니? 주조장에서 부르는 노래가 들리는 일상."

가지고 온 애거서 크리스티의 『오리엔트 특급 살인』을 옆으로 누워 읽고 있노라니, 기모노로 갈아입은 아빠가 싱긋 웃음을 지었다.

"말 바꾸지 마요. 술 짝짓기랬잖아? 왜 내 결혼 얘긴데?"

"아니, 술은 받아서 돌아갈 거야. 거짓말은 안 했어."

그렇다면 왜 그렇게나 눈동자가 정처를 못 찾고 있단 말인가.

뭐 상관없다. 어차피 아버지들 둘이 멋대로 획책한 거지, 저 기세키 씨한테도 아닌 밤중에 홍두깨 같은 소리일 터다.

"좀 이르긴 하다만. 기세키랑 잠깐 산책이라도 하고 오지 않을래? 벌써 정원 쪽에서 너 안내하려고 기다리고 있다는 것 같더구나."

"왜 뭐든 먼저 결정하는 건데?"

"아역 배우 하는 거 결정한 건 내가 아니야."

나왔다. '한번 멋대로 굴어서 고생했으니까 이제부턴 내가 하는 말을 들어라 전술.' 지금 이 기술을 튕겨낼 방법은…….

"그리고 나 아직 앞으로 3년은 학생 신분이라고?"

"너, 진짜로 성실하게 공부하고 있냐?"

그건…….

하고 있지 않았다.

그뿐인가, 2학기 들어서는 강의에 출석하지 않아도 학점을 딸 수 있는 과목은 서서히 보이콧을 하기 시작한 태세였다.

그리고 밤엔…… 거의 빠짐없이 술을 마시고 있었다.

"얼마 전에 기숙사 사감한테 전화했다. 최근 아침밥 시간에 없는 일이 많다는 것 같던데."

움찔. 설마하니 기숙사에 전화까지 했을 줄이야.

"……아침밥 안 먹고 있을 뿐이야. 다이어트."

"아니. 방에도 없다는 것 같던데."

불리하다. 밤새도록 마셔대고 있다고도 말할 수 없었다.

"그거야 아침밥 안 먹고 일찍 학교 가니까."

"남자 생긴 건 아니지?"

"안 생겼어."

나도 모르게 코웃음을 쳤다. 뭐야, 그 걱정이었나.

"그러면 혼담, 진행시켜도 되지?"

"무리. 대학도 안 그만둘 거고."

"공부도 안 하는 녀석한테 비싼 학비 대줄소냐. 저기, 기다린다. 준비 얼른 해라. 아, 그리고 오늘 밤엔 약혼식이니까 단정하게 해라."

"뭐…… 뭐라고? 약혼식이라니……."

얘기는 끝이라고 말하기 무섭게 아빠는 성큼성큼 걸어가 버렸다.

약혼식?

엄청난 급전개에 머릿속에 구름이 낀 것 같았다.

아니, 오히려 그 사람 역시 이런 갑작스런 얘기를 곤혹스럽게 생각하고 있을 게 분명했다. 일단 그와 이야기를 나눠 보자. 분명히 회피할 수 있는 방법이 있을 터였다. 그렇지만 정상은 아니잖은가. 이런 혼담이. 정신이 번쩍 들더니 이렇다 할 준비도 않고 그대로 정원으로 향하기로 했다.

툇마루로 나오자 왼편으로 커다란 주조장이 보였다.

우리 집 것이 아닌 주조장을 보는 일은 처음으로, 신기한 감개무량함이 있었다. 옅게 떠도는 지게미*의 달콤한 향이 못 견딜 정도였다.

그 바로 너머에 담을 사이에 두고 흰 연기가 피어오르는 게 신경쓰였다. 불을 지펴서 나는 연기가 아니었다. 좀 더 부드럽고 움직임이 적은 연기였다.

"자, 이쪽으로 내려오세요."

말을 걸어온 목소리에 정신을 차렸다. 기세키 씨가 서 있었다. 보자니 신발을 벗는 돌 위에 여성용 나막신이 준비되어 있었다.

"죄, 죄송합니다……. 연기에 정신이 팔려서요."

"아아, 저거요. 옆집이 여관입니다. '셋카치(雪花智)**'라는."

"네? 세…… 셋카치요……."

"재미있는 이름이지요? ……어라, 뭐라도 잘못 되셨나요?"

셋카치……. 그 이름에 과민하게 반응하고 말았다.

기억을 더듬을 것조차 없었다.

셋카치는…….

취연의 겨울 MT 숙박 장소였다.

---

* 술을 거르고 남은 찌꺼기.

** 동음이의어로 '성급한 사람'이라는 뜻이 있다.

* * *

　기세키 씨는 눈처럼 바슬바슬한 상냥함을 가진 남자였다. 응대하
는 기술도 좋고, 농담도 적절히 섞는 걸 보면 아, 이 사람 여성을 다
루는 게 익숙하구나 싶었다.

　그렇기 때문에 더욱 알 수 없었다. 아무리 아버지가 강행했다고
하더라도 왜 불만스러운 표정을 전혀 짓지 않고 말도 안 되는 혼담
에 따르고 있는 걸까?

　"저, 기세키 씨……."

　"뭔가요?"

　"오늘 밤 약혼식이란 거…… 알고 계셨나요?"

　"지난주에 들었습니다."

　"……왜 거절하지 않으셨어요?"

　"왜냐니…… 왜냐면 조코 씨는 예전에 TV에서 보고 알았고, 아버
지 친구분의 따님이라는 말을 듣고 왠지 모르게 남이 아닌 것 같은
기분이 들었거든요."

　"그것뿐인가요?"

　그것만으로도 사람은 결혼이라는 일생일대의 결심을 간단히 할
수 있단 말인가?

　100년 전이라면 그랬겠지.

　그래도 현대에 혼담이라니……. 그것도 이렇게 젊은 나이에…….
보통 그렇게 간단히 결단 내릴 수 없을 텐데.

　"아버지의 기세가 워낙 대단해서 도저히 거절할 수 있는 상태가

아니었던 것도 분명 사실입니다만…….”

말하기 난처하다는 투로 기세키 씨는 그렇게 덧붙였다.

“뭔가 사정이 있으신 듯하군요?”

지금까지의 싹싹한 분위기가 순식간에 변하더니, 어투가 무거워졌다.

“……제가 잘못한 겁니다.”

그의 눈은 담장 너머로 피어오르는 온천에서 나는 김에 향해 있었다.

그러더니 기세키 씨는 화제를 바꾸려는 듯이 애써 밝은 어조로 정원을 안내하기 시작했다. 봉긋하게 타원형으로 손질된 나무들 위로 눈 화장이 된 순간의 예술이 보는 사람의 자세를 바르게 만들고 있었다.

소나무 위에 쌓인 눈 탓에 그 사이로 보이는 녹색 잎이 한층 선명해 보였다.

들짐승을 쫓는 도구 소리가 땅하고 울렸다.

그 소리가 멀리서 들려오는 재료를 들이는 노랫소리의 추임새처럼 울려 퍼졌다.

“해자를 안내해 드리죠.”

정원의 좁은 문을 빠져나가 왼쪽을 보니 셋카치의 간판이 내어져 있는 게 보였다.

조금 두근거렸다.

안에 취연 부원들이 있다는 사실을 생각해 낸 것이다. 지금 당장이라도 그들과 합류하고 싶은 게 본심이라 하더라도 상황이 여의치 않았다. 아니 오히려 취연 부원을 아빠에게 보였다간 저따위 이상한 집단과는 연을 끊으라고 할 게 불 보듯 뻔했다.

게다가 지금은 지금대로 보여선 곤란했다.

그런 이유로 나는 마음속으로 몰래 '부디 누구와도 마주치지 않기를.'이라고 빌면서 그 앞을 지나려고 했다.

그러자 앞쪽에 사람 형체가 보였다.

흰 배경에 또렷이 떠오른 고운 주황색 기모노가 셋카치 문 안으로 달려 들어갔다. 순간이었지만 나는 놓치지 않았다. 그녀의 뺨에 눈물이 흐르고 있던 것을.

기세키 씨가 그 등 뒤로 외쳤다.

"기다려! 도모미!"

그 말에 한 번 걸음을 멈췄다.

그러나 곧장 안으로 사라져 버렸다.

"무슨 일이 있던 건지 들을 수 있을까요?"

"네……?"

"약혼을 하려면 과거의 가시는 되도록 빼 두는 게 좋지 않을까 해서요."

반쯤은 도망칠 구석을 마련하기 위해 한 말이었다. 거절할 이유가 나오면 그걸로 족했다.

게다가 기세키 씨의 표정으로는 그가 방금 전에 본 여성에게 미련을 안고 있는 게 분명해 보였다.

이윽고 기세키 씨는 드문드문 과거의 일을 꺼내기 시작했다.

* * *

기세키 씨와 셋카치의 외동딸 도모미 씨는 소꿉친구였다.

부모들끼리도 사이가 좋아 언젠가는 두 사람을 결혼시키자고 일찍부터 바라 오던 터였고, 본인들도 완전히 그럴 생각이었던 듯했다.

그런데…….

지난해 이맘때 즈음 사건이 발생한 것이다.

"가끔 온천에 들고 싶을 땐 셋카치에 갔습니다. 그때도 그랬죠."

먼 곳을 바라보며 기세키 씨는 말했다.

주조장의 최종 점검을 끝내고 식은 몸을 따뜻한 물로 덥히려 했다고 한다.

그런데 먼저 온 손님이 있었다.

땅, 하고 들짐승을 쫓는 도구 소리가 나는 것과 동시에 그 존재를 눈치 챘다.

그런데 이게 웬일인가. 본 적도 없는 아름다운 여성이 탕에 들어가 있는 게 아닌가. 순간 남탕과 여탕을 헷갈린 건가 하고 기세키 씨는 생각했다.

셋카치는 남탕과 여탕을 매일 순서대로 교체하는 시스템이었지만, 기세키 씨에겐 분명 남탕을 보고 들어온 기억이 있었다. 그렇다면 헷갈린 건 여자 쪽인가.

'저, 실례지만 혹시 헷갈려서 잘못 들어오신 게 아닌지?'

용기를 내서 기세키 씨는 말을 걸었다. 그래도 여자는 대답하지 않았다.

213

여자는 부끄러운지 살짝 고개를 돌리더니 온천 안으로 얼굴을 파묻으려고 했다. 기분이 나쁜 걸까? 아니면 그저 부끄러움을 탈 뿐인가?

이런저런 생각을 하면서 기세키 씨는 몸을 씻거니 하고 있었다. '이 이상 신경을 쓰지 않기 위해서라도 모르는 척하고 있자.'라고 생각하면서.

그러는 사이 눈이 내리기 시작했다. 슬슬 일어설까 하려던 참에 다시 여자가 신경에 쓰였다. 아무리 부끄러워한다고 하더라도 너무나도 오랜 시간 동안 고개를 숙이고 있었다. 탕에 닿기라도 했다면 그냥 두면 안 된다. 기세키 씨는 마음을 다지고 여자에게 다가갔다.

"그 뒤로 기억이 없습니다."

"기억이, 없다."

"그녀가 돌아본 것까진 기억합니다. 가까이서 보니 한층 더 아름답다고 느꼈던 것도요. 하지만 그 이후로는……."

"그렇군요."

"정신을 차리고 보니 온천 돌 옆에 쓰러져 있었습니다. 시간상으로 10분 정도밖엔 안 지났겠습니다만, 이미 그곳엔 여성의 모습이 없더군요."

서둘러 돌아가 자려고 누웠는데 여자의 얼굴이 자꾸 떠올라서 제대로 잘 수 없었다. 자신과 그 여자 사이에 무슨 일이 있던 걸까? 애당초 그녀는 정말로 존재했던 걸까?

"그런데 이튿날 아침에 사태가 급변한 겁니다."

하룻밤 사이에 기세키 씨는 나쁜 놈이 되어 있었다.

도모미 씨의 아버지인 셋카치 주인이 마구 때리기 시작한 것이다.

'너 이 자식, 도모미가 없으니까 우리 온천에 딴 여자 끌고 온 거냐. 어떻게 돼 먹은 생각을 갖고 있는 거야!'

평소엔 눈사람 같으신 분이 정말로 달마대사처럼 시뻘게져선 들이닥쳤다는 듯했다. 대체 무슨 일이 벌어진 건지 멍해 있는데 기세키 씨는 얻어맞고, 거기에 화가 난 기이치 씨가 반격하는 대소동이 돼 버렸다.

"그 뒤로 셋카치와 저희 집은 말도 안 섞는 관계가 되어 버렸습니다."

도모미 씨는 그 뒤로 얼굴을 마주치려고 하지도 않고, 어쩌다 길에서 마주친대도 오늘처럼 허둥지둥 도망쳐 버리게 됐다.

"왜 그런 걸까요?"

"잘은 모르겠지만 그날 밤 일이 무언가 관계가 있다고밖엔 생각하지 못하겠습니다. 그 후로 가게 보는 사람 중 사이가 좋았던 기요카 씨한테 바깥에서 만났을 때 물어봤어요. 처음엔 불신감을 드러내더니, 제가 몇 번이고 거듭 머리를 조아리자 그날 있던 일을 알려 주었습니다."

그녀의 말에 따르면 도모미는 그날 밤 전문대에 제출할 리포트를 끝내고 언제나처럼 손님들이 돌아간 11시 넘은 시간에 온천에 몸을 담그려고 생각하고 있었다. 손님이 들지 않는 시간대였다. 그런데 여탕에 가 보니 탈의실에 낯익은 옷이 놓여 있었다. 이상하다고 생각하면서 옷을 입은 채 조심스럽게 욕탕을 들여다보고 그녀는 들고 있는 통도 샴푸도 비누도 전부 떨어뜨리고 망연자실한 채 뛰쳐나오고 말았다.

마침 숙소 접수대 교대 중이던 기요카 씨를 우연히 맞닥뜨리고는 울음을 터뜨렸다는 것 같았다.

"아무래도 제가 여자와 껴안고 있었다는 것 같습니다."

기요카 씨는 말도 안 되는 얘기라고 생각해 도모미 씨에겐 방에 돌아가 있으라고 말한 뒤 가만히 여탕 앞에서 기다렸다. 그런데 여탕에서는 아무도 나오지 않았다.

10분 정도 지났을 때 남탕 쪽에서 기세키 씨가 나타났다.

"여탕이 아니라요?"

"하지만 저는 여탕에 들어가지 않았다고요."

"그래도, 도모미 씨는 보신 거잖아요? 기세키 씨와 그…… 여자분을."

"네. 그래도 저는 남탕에 있었고, 여탕에서도 그런 여성은 나오지 않았다는 것 같더라고요."

"그렇다면 그건……."

어떻게 된 영문일까?

"도모미 씨가 헷갈렸다는 건가요?"

"도모미는 아니라고 한 것 같습니다만, 그녀가 두고 간 통과 비누는 남탕 쪽에 있었습니다."

헷갈린 건가…….

그렇지만 남탕과 여탕을 헷갈린 것은 도모미 씨의 문제라고 하더라도, 그걸로 기세키 씨가 여자와 포옹을 하고 있었다는 죄가 사라지는 것은 아니었다.

216

"정말로 그 여성과 무엇을 하고 있었는지 생각이 안 나시나요?"

"저, 정말이걸랑요!"

정색하면서 억양이 갑자기 사투리로 바뀌는 걸 보아하니 거짓말을 하고 있는 것 같지는 않았다. 애초에 뒤에 켕기는 게 있었더라면 일부러 남에게 이런 얘길 하진 않겠지.

"게다가 기요카 씨는 제가 나오는 건 봤지만 여자가 나오는 건 못 봤습니다. 도모미가 나간 이후로 줄곧 보고 있었는데 남탕에서도 여탕에서도 그런 여자는 나오지 않았다고 하더군요."

"그럴 수가……. 그렇다면 그 여자는 존재하지 않았던 건가요."

기세키 씨는 그 말에 긍정도 부정도 하지 않았다.

그저 눈을 밟는 발치를 바라보고 있었다. 이윽고 그가 나지막이 물어왔다.

"고시무스메(越娘)라고 알고 계십니까?"

"고시무스메……?"

"소위 말하는 '설녀'입니다. 어릴 적 얘길 자주 들었죠. 혹시나 제가 조우한 건 고시무스메가 아니었을까 생각합니다. 고시무스메라면 온천욕을 하는 도중에 녹아서 사라졌대도 어쩔 수 없잖습니까?"

진심으로 하는 말일까?

나는 기세키 씨를 응시했다.

"하지만 그렇게라도 생각하지 않으면 납득이 안 가지 않습니까? 기요카 씨의 얘기를 듣고 도모미의 아버님께서도 우리 아버지에 대한 분노가 사그라지지 않았는데도, 도모미의 망상이었다고 내심 생각을 바꿔 주셨다던 것 같았습니다."

하지만 사실은 다르다며 괴로운 표정으로 기세키 씨는 고개를 떨궜다.

"여자는 있었어요, 분명히."

"왜 그 얘길 하지 않으셨던 거죠?"

"어떻게 말할 수 있겠습니까? 도모미는 저와 그 여자가 껴안고 있는 걸 봤습니다. 주위에선 그걸 피해 망상으로 종결지으려고 했고요. 거기에 대고 '아뇨, 여자는 있었습니다, 그녀와 저는 같은 탕에 들어가 있었습니다.'라고 하면 어찌되겠어요?"

진눈깨비 속 눈 결정 비율처럼 미미하게 후쿠이 사투리가 섞였다. 과거의 사건을 이야기함으로써 조금씩 나를 대하는 마음의 벽이 사라져가고 있는지도 몰랐다.

기세키 씨의 고민은 절박하면서도 지당했다.

진실을 이야기하면 껴안고 있던 것까지 자연히 사실이 돼 까닭 없는 오명을 쓰게 된다.

"그래도, 비록 사실과 다르더라도 역시 제가 여자와 함께 있었다고 주장했어야 하는지도 모르겠습니다. 설령 그게 고시무스메든 뭐든 간에 여자가 있었던 사실엔 변함이 없으니까요."

"도모미 씨에겐 망상벽을 의심케 할 만한 부분이 예전부터 있었나요?"

그 한 가지 사건으로 주변이 단박에 그런 판단을 내렸다고는 생각하기 어려웠다. 기세키 씨는 말하기 껄끄럽다는 식으로 얘길 꺼냈다.

"망상……이랑은 좀 다르지만 금세 이야기에 몰입하는 버릇이 있긴 했습니다."

"과연."

'앤 셜리 형인가.' 하고 나는 속으로 생각했다.

"특히 「사사메」라는 영화를 예전부터 좋아해서 수년 전부터 홀로 보곤 했어요. 분위기가 저희 동네랑 비슷해서 그랬으려나요."

나도 모르게 발걸음을 멈췄다.

기세키 씨가 그걸 눈치 채고 발걸음을 멈췄기에, 이상하다는 생각이 들지 않게 다시 걸음을 옮겼다.

"소녀 사사메가 마을에 오면서 민박집의 사요코는 약혼자를 빼앗기는 건 아닌지 기분이 흐트러져 가죠. 도모미는 '나, 사사메가 싫어.'라고 자주 말하곤 했습니다. 사춘기에 마침 그 영화를 본 탓인지, 사사메 같은 여자가 나타나는 걸 두려워하는 마음이 잠재의식 속에 있었는지도 모릅니다."

"그런가요."

나는 그 뒤의 얘기를 듣는 둥 마는 둥 했다. 인생은 예상치 못한 곳에서 과거를 들이밀곤 한다. 그 우연에 의미가 있든 없든 과거를 회상하면서 우울한 기분에 빠지는 자신의 나약함까지 부정할 수는 없는 것이다.

뽀득뽀득 눈 밟는 소리를 내면서 앞으로 나아갔다.

한 바퀴 돌고는 하쿠세쓰 주조 근처의 정원 출입구로 돌아왔다.

"그러고 보니." 하고 기세키 씨가 입을 연 것과 내가 앞쪽에서 낯익은 그림자를 발견한 것은 거의 동시에 벌어진 일이었다.

"사사메라는 여주인공은 설녀를 모티브로 만들었다는 것 같더라고요."

나는 그 말을 어딘가 멀리서 울리는 사이렌처럼 멍하게 듣고 있었다. 셋카치 앞에 있는 그림자에 온통 마음을 빼앗긴 것이다.

그 탓인지 눈덩이에 발이 걸려 몸이 앞으로 쓰러졌다.

"꺅."

엎어지기 직전에 기세키 씨의 품에 안겼다.

"괜찮으세요?"

"네……."

황급히 몸을 일으켜 기세키 씨에게서 떨어졌다.

거기서 시선을 느꼈다. 나는 방금 전의 그림자를 봤다.

엇갈리면서 시선이 빗겨나가, 그는 숙소 문 너머로 사라졌다.

미키지마 선배…….

왜 아무 말 없이 가버리는 건가요?

눈은 목소리를 갖지 못하는 질문을 지우려는 듯이 바슬바슬 하늘을 계속해 칠했다.

* * *

그 뒤로는 이렇다 할 얘기 없이 서로 근심에 빠져든 채로 원래 출발했던 툇마루로 돌아와 그대로 밤에 있을 약혼식까지 한동안 휴식을 취하기로 했다.

아무 말 없이 사라져 버린 미키지마 선배를 생각하면서 방으로 돌아오자, 아빠가 불쑥 명령조로 말했다.

"야, 화려한 무대를 맞기 전에 욕탕에 들어갔다 와."

"욕탕? 딱히 지저분하지도 않은데."

이렇게 한겨울 저녁나절에 욕탕 따윌 들었다간 감기에 걸릴 게 아닌가. 게다가 애당초 그 화려한 무대, 아직 나는 인정하지 않았다.

"나 약혼 같은 거 안 할 거야."

"무슨 소리야. 이미 약혼은 한 상태라고. 약혼식이 오늘 밤일 뿐이지."

"약혼을 했다니……. 무슨 뜻이야?"

"기이치랑 나랑은 벌써 1년도 전에 정해 둔 일이야."

"그딴 부모들 간의 약속……."

"부모들 간의 약속이 다지. 그리고 이미 큰방에는 시라이 가문 친척 일가가 와 계신다고. 다들 엄청 기뻐하시던데."

설마 벌써 친족들에게까지 알렸을 줄이야.

"우리 할머니한테도 아까 전화하니까 죽기 전에 증손자를 볼 수 있는 거냐고 우시더라."

할머니, 증손자……. 아까 전 기이치 씨의 눈물도 뇌리를 스쳤다.

어떡하지, 더는 도망칠 수가 없었다.

준비해 온 듯한 문양이 박힌 하카마를 가방에서 꺼내들고 기쁘다는 듯이 싱글벙글 웃는 얼굴을 보아하니, 이 사람에겐 무슨 말을 해도 소용이 없을 거란 걸 알았다.

어떻게든 하지 않으면…….

"여기서도 되고, 옆에 온천에 갔다 와도 된다는 것 같더구나."

"온천……."

희미한 빛이 들었다. 달아날 수 있는 절호의 기회가 분명했다.

아니, 진정해라, 조코. 서두르다가 일을 그르칠 수 있다.

"아빠 어쩔 거야?"

"난 여기서 하지."

"알았어. 그럼 온천 갔다 올게."

"뭐야, 그게……."

너무 즉답해 버렸나. 아빠는 뚱해 있었지만, 그런 데 신경 쓸 겨를이 아니었다. 신속하게 옷을 챙겨, 가자 셋카치로.

이대로 도망쳐 버릴까.

그래도, 약혼 회피보다 중요한 일이 있었다.

미키지마 선배와 얘기를 하는 것이었다.

중후한 문을 지나 문짝을 열고 어깨에 쌓인 눈을 턴 뒤 안으로 들어갔다.

신발장 쪽에서 부츠를 벗고 있노라니 목소리가 들렸다.

"잘 오셨어요. 눈보라도 치는데."

기모노를 입은 여성 두 사람이 마중을 나왔다. 한 명은 여주인인 듯한 중년 여성. 아마도 도모미 씨의 어머니겠지. 또 다른 포동포동한 여성, 이 사람이 기요카 씨려나?

그런 생각을 하고 있자니…….

"취, 취, 취취취취, 취하면 멋진 이치가 보인다.

취, 취, 취취취연, 마시면 당신도 이치가 보인다."

벌써 판을 벌렸네, 벌렸어.

여주인은 쓴웃음을 지으며 내게 고개를 숙였다.

"미안해요. 활달한 학생들이 묵고 있어서요."

222

"아, 아니에요."

"묵고 가시나요? 온천인가요?"

"온천입니다."

"그러면 기요카 씨, 안내 부탁해요."

"네."

역시 기요카 씨였군.

기요카 씨는 몸집에 어울리지 않는 경쾌한 걸음걸이로 성큼 다가와서는 내가 갈아입을 옷 같은 게 든 손잡이가 달린 작은 자루를 슥 들더니, 빙긋 웃고 "이쪽으로 오세요."라고 말했다.

그 말에 따라 올라서면서도 안쪽 연회장 상태가 신경이 쓰여 어떻게 할 수가 없었다.

"묵고 있는 학생들은 낮부터 마시고 있는 건가요?"

"예, 그렇지요. 참 활기가 넘치는 분들이시죠."

그때 안쪽 복도에 여성 실루엣이 보였다.

도모미 씨.

그녀의 눈은 똑바로 나를 향해 있었다.

부드러운 미소가 떠올랐다.

"각오시네마."

"네?"

시네마? 영화? 아니, 이거 방언인가…….

그 눈이 보고 있는 것은 허구인가 아니면 진실인가.

도모미 씨는 똑바로 나를 향해 달려왔다.

"아…… 저기……."

무슨 말을 하려고 했는지는 나도 몰랐다. 정신을 차리고 보니 흰 버선이 양발을 가지런히 모으고 내 면상에 다가와 있었다.

드롭킥.

비명도 못 지르고 복도 미닫이를 뚫었다.

내 몸은 붕 떠서 눈 속에 털썩 하고 떨어졌다.

"그만하세요, 아가씨!"

기요카 씨는 온몸으로 도모미 씨를 말리고 있었다.

그리고…….

방금 전의 비명으로 우당탕 복도로 나오는 자들이 있었다.

대낮부터 술을 퍼 마시는 돼 먹지 못한 집단.

그 최고봉에 있는 사람이 복도에서 정원으로 내려서더니 내게 손을 내밀었다.

"눈에서 잠드는 건 설녀뿐이라고."

유카타 차림의 미키지마 선배는 평소보다 몇 배는 요염하게 아름다워 보여서 내 뺨은 내 의사와는 관계없이 퐁 하는 소리를 내며 빨개졌다.

대체 무슨 꼴로 조우한 거냐는 못 배길 것 같은 기분이 들면서도 손을 빌려 몸을 일으켰다. 미키지마 선배 손에 찬 기운이 돌아 기분이 좋았다.

"눈에서 자고 있던 건……."

당연한 얘길 하면서 엉덩이에 묻은 눈을 털어냈다.

"느려. 이미 시작했다고."

"그런 것 같네요."

그러고 나서 나는 아까 있던 일을 얘기하려고 했다. 그러나 내 옆에 있던 남자가 누구인지를 얘기하는 게 먼저인지, 미키지마 선배가 말도 안 걸고 가버린 진의를 묻는 게 먼저인지 헤매고 있노라니 "술잔이다, 술잔이야." 하고 복도에서 시끄럽게 떠들어 대는 목소리가 울렸다. 서둘러 코트 주머니에서 안경을 꺼내서 썼다. '모르는 사람들이 들으면 대체 웬 이상한 별명을 가졌냐고 생각할 텐데.'라고 생각하면서도 "예예예예." 하고 총리대신처럼 손을 가볍게 들어 대답했다.

"꺅! 아가씨!"

그 순간 기요카 씨의 몸이 붕 떴다.

앗 하고 생각했을 땐 이미 늦었다.

기요카 씨의 몸이 내 바로 위로 내려온 것이다.

그래도…….

정신을 차리니 나는 미키지마 선배가 홱 밀치는 바람에 비스듬하게 뒤쪽으로 넘어져 눈 위에 엉덩방아를 찧었다.

"아얏!"

그리고 미키지마 선배 위에…… 털푸덕.

기요카 씨의 거구가 낙하했다.

"……워, 원통하다."

미키지마 선배는 밑에 깔리면서 마지막으로 그렇게 한마디를 남기고 기절했다.

도모미 씨는 그새 복도를 달려 사라져 버렸다.

＊　＊　＊

"정말로 죄송합니다!"

기요카 씨의 전력을 다한 오체투지에 미키지마 선배는 "뭘요, 뭘요."라고 누운 채로 "다음엔 제가 떨어질 차례일지도 모르니까요."라고 도통 알 수 없는 대답을 했다.

이런저런 말을 하고 있는 동안에도 뒤에선 어서어서 재촉을 받으며 데무라 선배, 오야마 선배 선창에 따라 술자리 장기자랑이 진행되고 있었다. 아무래도 겨울 MT는 이게 관례인 듯했다.

한 사람 한 사람 선보일 걸 준비하게 되어 있어서, 1학년들은 고육지책으로 유행하는 아이돌 흉내를 내고는 "재미없어, 마셔서 어떻게든 해 봐."라고 무참한 야유를 사고 있었다.

실로폰은 혼자 SM쇼를 하겠다면서 본디지 슈트 차림으로 나타나서는 채찍을 휘두르면서 자기 새끼손가락을 아프게 하면서 "아오! 꺄옷!" 하는 소리를 지르는, 잘 이해가 되지 않는 장기자랑을 5분 정도 지속했으나 역시나 강제 종료됐다.

기요카 씨도 대체 무슨 일이 벌어지고 있는 건지 어리둥절한 모습으로 이어지는 지옥의 쇼를 멍하게 보고 있었다.

오야마 선배는 "술 마시기 기술 100연발!"이라고 외치더니 엄지손가락 끝에 한됫병을 세우고 그걸 붕 띄우더니 입으로 캐치하는 '레귤러 만탄'을 시작으로 다양한 원샷 방법을 펼쳐 보이기 시작했다.

미키지마 선배는 지금이야말로 입가심을 할 시간이라고 생각했는지 기요카 씨에게 물었다.

226

"아까 무예에 뛰어났던 그 아가씨에 대해 얘기해 주실 수 있나요?"

"예, 그 아가씨는 도모미 아가씨라고 하시는데요……."

묻는 이의 방식에 맞게 대답하는 기요카 씨. 이리하여 그녀의 입에서 1년 전 사건에 대한 이야기가 나왔다.

그 얘기는 기세키 씨가 한 이야기와 조금도 다르지 않았으나 다소 상세히 서술된 건 기세키 씨가 탕에 들어갈 적의 부분이었다.

"기세키 씨는 탕을 닫는 밤 11시 직전, 고지라는 종업원이 접수대를 볼 때 오셨지요. 고지에게 들은 바로는 도모미 아가씨가 나타난 건 저와 교대하기 직전으로, 아가씨가 가 버리신 직후에 남탕의 발이 흔들리고 있었다는 것 같더라고요. 그렇게 되면 역시 도모미 아가씨가 헷갈리신 게 아닐까요."

실제로 기요카 씨 자신은 도모미 씨가 나오는 순간을 본 게 아니었다. 접수대는 현관 목전에 있어, 온천은 현관에서 왼쪽으로 뻗은 복도(아까 전 내가 채여 나뒹굴던 곳이다.)를 지나 곧장 나오는 게 남탕, 왼쪽으로 꺾으면 여탕. 1년 전 그날은 그렇게 되어 있었다는 것 같았다. 그러니, 접수대에서는 고개를 뻗어 안을 보지 않으면 확인을 할 수 없는 것이다.

"뭐, 실제로 아가씨의 통이라든가 비누 같은 건 남탕 입구에 떨어져 있었으니까요. 그저……."

"여자가 안 나왔다는 거죠?"

"예……. 그러니 남탕에 들었든 여탕에 들었든, 어느 쪽이든 아가씨의 망상이 들어간 건 분명합니다."

"기세키라는 남자가 거짓말을 하고 있을 가능성은?"

"그건, 없습니다. 기세키 씨처럼 상냥하신 분은 없어요. 이 주변 사람이라면 다들 알고 있는 사실입니다. 그렇기 때문에 아무리 뭐라 그래도 도모미 아가씨께서 하신 말씀은 거짓말이라고 하는 겁니다. 주인님만큼은 믿고 싶지 않으신 것 같지만요."

"확실히 현실에 도모미 씨가 말하는 여자가 없어서야 별수 없겠 군. 그런데 「사사메」라는 영화 말인데……. 그렇게나 그녀는 그 작 품에 영향을 받고 있던 건가요?"

"네. 도모미 아가씨는 DVD를 가지고 계셔서 항상 보고 또 보곤 하셨죠."

"과연. 그러면 영화 속 세계에 몰입해 버렸을 가능성도 있겠군."

"저희들은 그럴 가능성이 높다고 보고 있습니다."

"그건 탐미적이고 아름다운 영화였지."

"그런가요……. 도모미 아가씨는 '싫어, 싫어, 싫은데도 보게 돼 버려.'라고 말씀하셨거든요."

"좀 질투심이 강한 여성인 듯하군. 그러면……."

미키지마 선배가 내 쪽으로 고개를 돌렸다.

"그런 그녀가 네게 드롭킥을 날린 건 또 다른 이유가 있을 법도 한 데유?"

"말장난 하지 마세요."

나는 그 이상의 추적을 피하려는 듯이 술자리 장기자랑으로 눈을 돌렸다.

병풍 앞에서는 쇼코 선배가 던지는 마른안주를 미쓰토리 선배가 개처럼 점프해서 입으로 잡는, 장기자랑이라고 하기도 뭣한 명명 쇼가 시작됐다.

결국에는 후쿠이의 여관까지 와서 치부를 드러낸 걸 내심 한탄하면서, 권유받은 '유킨코'를 마셨다. 피부가 고운 여자 같은 맛이라고 생각했다. 뭐라 말로 할 수 없는 색향이 있었다.

'코를 뚫고 지나가는'이라고 말하면 그 말 그대로이지만, 그 코를 빠져나가는 방법은 술에 따라 천차만별이다. '유킨코'가 코를 빠져나가는 느낌에는…… 위험한 색기가 감돌았다.

저도 모르게 술이 넘어갔다.

"실은요."

기요카 씨가 그렇게 말하며 고개를 떨궜다.

"아가씨께는 안된 일이지만, 드디어 오늘 밤 기세키 씨가 어떤 아가씨와 약혼식을 올린다는 것 같더라고요."

한숨을 쉬면서 기요카 씨는 일어섰다.

"안타까운 얘기지요. 기세키 씨도 아버님이 화를 풀지 않으시니 울며불며 포기를 하셨겠지요. 세상일이라는 게 한번 어긋나면 잘 굴러가질 않으니 말예요. 그럼 실례하겠습니다."

기요카 씨는 방을 나섰다.

'유킨코'를 단숨에 비워 버렸다.

미키지마 선배가 귓가에 속삭였다.

"슬슬 보내 주마. 걱정하시겠다."

그 목소리는 마음속 깊이 스며들었다.

어떻게 그걸……?

아직 아무런 말도 안 했는데.

나는 아무 말 없이 그저 고개를 끄덕이고 있었다.

* * *

"네가 「사사메」 얘길 하고 싶어 하지 않는 사정은 대충 알고 있으니 내 말을 잠자코 들어. 이건 단순한 해석 얘기니까."

문을 나서자 미키지마 선배는 손을 펼쳐 내려오는 눈을 만졌다.

"그 영화는 일본 문학의 원풍경(原風景)에 대한 오마주도 담겨 있었다고 생각해. 감독은 고다마 나기사. 국내의 유명한 상과는 연이 없지만 해외에선 몹시 평판이 좋지. 그런 것도 일본 미의식의 정수를 영상으로 잘 담아냈기 때문이지. 그건 그렇고, 「사사메」는 소녀 사사메가 눈이 흩날리는 마을에 와서는 마을 사람들에게 파문을 일으키는 이야기야. 그야말로 싸락눈 같은 소녀의 섬세한 요염함이 보는 사람을 끌어들이지. 너 대신 주연을 맡은 아라라기 료코는 지금은 드라마에 영화에 정신이 없는 대 여배우로 성장했고. 그리고 「사사메」는 지금도 그녀의 대표작으로 꼽혀. 그도 그럴 게, 그 영화로 국제 영화제에서 여우주연상을 따냈으니까."

"이제 그만하셔도 되잖아요."

'내가 했더라면.'이라는 생각은 해 본 적이 없었다. 당시 나는 할 수 없는 역할이라고 생각했던 데다, 지금도 그 생각엔 변화가 없었다. 나는 소녀에서 성인 여배우로 탈바꿈할 기회를 스스로 놓아 버렸다.

그건 '거기까지밖에 휘발유가 없었으니까.'라고 말할 수도 있었다. 후회는 없었고, 그 뒤로 아라라기 료코의 활약을 TV로 보더라도 상처가 따끔거리는 일 따윈 없었다.

이 땅을 밟기 전까지는…….

"아라라기 료코는 너보다 세 살 연상이고 지금 너랑 무척 닮았었지. 감독은 꽤나 사카즈키 조코에 집착했던 모양이야."

분명 꽤나 집요하게 부탁을 받았던 기억이 있었다.

"특히 흰 분칠을 하면 정말 닮았지. 최근 아라라기 료코는 화려한 메이크업을 하니까 잘 모르겠지만."

굉장히 닮은 분위기의 아이를 찾아냈다고 아쉽다는 듯이 엄마가 말했던 게 떠올랐다.

실제로는 닮았을 뿐만 아니라, 그 시절 내겐 없던 것까지 아라라기 료코는 전부 겸비하고 있었다.

아역 배우도 어른 배우도 될 수 없는 어중간한 소녀는 그녀의 스크린 데뷔와 함께 완전히 갈 곳을 잃었다고 할 수 있었다. 덕택에…… 편해졌다.

드디어 쉴 수 있다고 생각했던 걸 기억한다.

"오늘 도모미 씨가 네게 드롭킥을 날린 이유야. 「사사메」의 세계와 현실을 겹쳐 본 걸 테지."

"……역시 도모미 씨는 마음의 병이 있는 건가요?"

"가능성은 있지. 하지만 이렇게 생각할 수도 있어. 작년에 그녀는 정말로 여자를 보았으나, 온천 증기 탓에 얼굴까진 제대로 못 보고 오늘 너를 작년의 그 여자라고 생각했거나, 아니면 그렇게 「사사메」의 세계와 겹쳐 본 데다 더 나아가 작년의 여자와 겹쳐서 봤다고.

231

뭐, 도모미 씨의 생각 속에선 둘이 같은 얘기이려나."

그때까지 도모미 씨와 기세키 씨가 걸어온 계절은 어떤 색을 띠고 있을까?

눈이 두텁게 쌓인 땅에서 미쳐 돌아가기 시작한 시간을 원래대로 되돌릴 방법은 있을까?

조금 있으면, 약혼식이 시작되어 버린다.

만일 내가 그걸 받아들인다면, 두 사람의 시간은 영원히 되돌릴 수 없겠지. 그리고 나와…….

"선배, 아까 제가 같이 있던 남자분은……."

"기요카 씨의 얘기에 나오던 기세키라는 남자지?"

"어떻게…….."

"그쪽은 주조장집 아들. 너는 주조장집 딸. 연이 없다고 생각하는 게 이상하지. 게다가 꽤나 사이도 좋아 보이던데."

역시 안겨 있던 모습을 본 게 분명했다.

"그러니까, 저, 그거는…….."

변명을 해야 했다. 그건 넘어진 걸 도와준 것뿐이라고.

그렇지만, 그 변명은 필요한 걸까?

미키지마 선배와 나는 그저 선후배 관계에 지나지 않았다.

말을 흐리고 있자니, 미키지마 선배가 말했다.

"오늘 밤 하쿠세쓰 주조에서 약혼식 하잖아? 어쩌면 새 약혼자가 너라는 걸 느끼고 도모미 씨는 드롭킥을 날렸을지도 모르지. 뭐, 행복이라는 게 대부분 타인의 불행 위에 세워져 있으니. 축의금이라고 생각해 둬."

232

"아녜요······. 아니, 아닌 건 아니지만······."

우물거렸다. 눈이 입안에 쌓이는 걸 두려워하는 것도 아닌데.

"술잔, 하고 싶은 말이 있을 땐 제대로 말하라고."

심장을 꿰뚫린 것 같았다.

"엇······. 뭐, 뭐예요, 갑자기. 선배한테요?"

"누구한테나. 부모든 타인이든, 신에게도."

"신에게도······."

무엇하나 내겐 쉽지 않은 일이었다.

나는 늘 하고 싶은 말을 반도 못 했다. 못 했다기보다는 하질 않았다. 그래서 묵묵히 있는 동안 하고 싶은 말의 탱크가 비어 갔다. 그러면서 '뭐, 됐어.'라는 뚜껑까지 쓰이고 만다.

만일 신에게 마음을 여는 일이 가능하다면, 난 무슨 말을 입에 올릴까?

안 되겠다······.

그런 간단한 질문에 대한 대답조차도 흰 눈에 뒤섞여 보이질 않았다.

"한 가지, 올해 가장 마음에 걸리는 게 있어요."

"뭔데?"

"미키지마 선배의 술자리 장기자랑을 못 본 거요."

애초에 나는 생각하고 있는 것의 옆, 혹은 또 그 옆에 있는 것만을 입에 올리고 만다.

"예에, 삼각형."

엄격한 평가였다. 도망칠 자세였던 게 꿰뚫려 보인 듯했다.

"내 술자리 장기자랑이라면 이제부터라고. 뭐, 약혼식이 있는 녀석은 못 보겠지만 말이지."

"빠, 빠져나올게요……."

"됐어. 어차피 올 거라면 그 기세키라는 남자도 데리고 오라고."

"……그 사람을 데리고 오라고요?"

"내가 약혼 축하를 해 주지."

"그런……."

눈꼬리에 맺히려는 눈물을 꾹 참았다.

눈물은 보이지 않게 뺨의 뒷면을 타고 흘렀다.

* * *

돌아와 보니 부모님들의 안색이 변해 있었다.

이렇게 말해도 내가 늦게 돌아와서 화를 내고 있는 게 아니었다. 취해 있었다. 나이를 그렇게 먹었으니 얼굴이 새빨개지도록 마시지 않는 게 좋다고는 자주 말하는 것 같았으나, 주조장의 주장에게 그런 말을 해도 쇠귀에 경 읽기인 건 당연한 얘기였다.

일본주의 매력에 사로잡힌 이 남자는 분명 일본주와 운명을 함께할 각오인 거겠지.

그리고 오늘 밤엔 그런 주장이 두 명이나 모여 있었다. 어릴 적에 함께 들판을 쏘다니며 술의 신에게 봉사하기로 한 죽마고우.

약혼식은 이미 맥 빠지게 시작한 것 같았다.

신호 위반도 정도가 있지. 아직 그 주역의 절반이 돌아오지도 않았는데 그새 시작할 줄이야.

"기이치, 우리 집 딸애를 잘 부탁하네."

"그렇지만 말이지, 나에겐 아내가 있어서……."

"으하하하, 무슨 소릴 하는 건가, 너 말고! 기세키 아니겠나."

"뭐야, 안 되는 건가, 나는."

특대 사이즈의 한숨과 함께 고개를 내젓고 싶어지는 건 나뿐만 아니라 기세키 씨도 마찬가지인 것 같았다. 그는 홀로 담담히 젓가락을 놀리고 있었다. 잔은 따른 흔적조차 없었다. 종업원이 이렇게나 있는데 따르러 오지 않는 걸 보면 암묵적 동의가 있는 것 같았다.

갑자기 훌쩍이며 우는 소리가 들렸다. 무려 울고 있는 건 다른 사람도 아닌 우리 아빠였다. 취해도 웃는 주사를 부릴지언정 우는 모습을 본 적은 지금까지 한 번도 없었다.

그런 남자가 울고 있었다.

"이야, 기쁘구먼, 감개무량해."

그렇게 말하면서 아빠는 고개를 들었다.

눈이 마주치고 말았다.

"오, 조코, 언제 돌아온 거냐!"

아빠가 부끄럽다는 듯이 눈물을 소매로 훔치면서 외쳤다.

"이리 와라. 지금부터 정식으로 인사를 하자고."

이제 다 틀렸다.

환희의 눈물을 흘리는 아빠를 막판에 배신하는 짓 따위, 생각하는 것만으로도……

게다가 기세키 씨의 친족까지 모여 있었다. 그래도……

나는 한 번 더 기세키 씨 쪽으로 시선을 던졌다.

그는 텅 빈 눈길로 그저 한곳만을 바라보고 있었다.

도모미 씨에 대한 미련이 그더러 절망적인 표정을 짓게 하고 있는 게 분명했다.

"아빠, 잠깐만."

"뭔데."

"30분만 기다려 줘. 기세키 씨랑 둘이서 얘기를 하고 싶어."

"이제 와서 무슨 얘길 한다고."

"기세키 씨도 그렇죠?"

나는 기세키 씨의 자리까지 달려갔다.

"네? 아, 네에, 뭐랄까……."

당황해하고 있는 기세키 씨의 팔을 잡아 일으켜 세웠다.

"잠깐 둘이서 밖에 좀 걷다 올게요!"

안에서 소란이 일었다.

아빠가 화나서 소리 지르는 걸 각오했다.

그런데…….

"뭐냐, 벌써 부부인 거나 다를 바 없구먼!"

술에 떡이 된 아빠는 어디까지나 자기 좋을 대로 해석하는 모양이었다.

더 나아가 손뼉을 치면서 장단을 맞히기 시작했다.

"키스해, 키스해, 키스해."

입 다물어라, 이 주정뱅이들아.

"가요."

나는 맹렬하게 복도를 달리기 시작했다.

"우왓, 잠깐만요, 조코 씨."

내게 이끌리면서 기세키 씨가 따라왔다.

바깥에 나오니 눈은 아까보다 더 두텁게 쌓여 있었다.

춥다.

뒤에서 소매 없는 웃옷이 걸쳐졌다.

"춥고추우니까요."

그렇게 말하는 기세키 씨.

"춥고추워요?"

"아, 그러니까, 굉장히 춥다는 뜻이에요. 여기서는 뭐든 두 번 반복해서 말하거든요."

명랑하게 미소 짓는 기세키 씨를 보고 있자니 기분이 묘해졌다. 내게 이렇게 온화한 사람과 결혼해 차분하게 일생을 보내는 선택지도 있다는 데에 이상한 감회가 들었다.

피부에 침을 찌르는 것처럼 쩽하고 시린 공기.

이 땅에서 보내는 일생.

나란히 걷는 두 사람⋯⋯.

그래도 이 사람의 옆을 걷는 건 내가 아니라는 걸 아까 기세키 씨의 표정을 보면 알 수 있었다.

그리고 분명 나도 같은 표정을 짓고 있었을 거란 것도.

왜냐하면⋯⋯.

"저는 좋아하는 사람이 있어요."

"⋯⋯저도요."

스르륵 녹는 눈처럼, 한순간에 끝나 버렸다.

신기하게도 결정적인 말로 두 사람의 거리를 확인하자, 그 순간 기세키 씨를 인간으로 인정할 수 있게 되었다.

그 차분함과 조용함이 둘도 없는 소중한 것처럼 여겨졌다.

'다른 형태로 만났더라면.'

그런 생각이 안 드는 것도 아니었다. 하지만 그건 전할 필요가 없는 말이었다. 언제고 마음속에 내리는 눈 아래에 묻히더라도 상관없는 하잘것없는 사고.

"기세키 씨에게 부탁이 있어요."

"뭔가요?"

"지금 같이 가 주실 수 있나요? 셋카치에."

"어……."

"재미있는 걸 보여드리고 싶어서요. 재미있는지 어떤지는 모르겠지만."

"흐음……. 셋카치에서, 말인가요?"

나는 크게 고개를 끄덕였다.

그때 다시 예의 그 건배사가 들렸다.

"취, 취, 취취취취, 취하면 멋진 이치가 보인다.

취, 취, 취취취연, 마시면 당신도 이치가 보인다."

"……아아, 이 기묘한 구호……. 그렇구나, 연말이구나."

"네?"

"연말 이 시기에 묵으러 오는, 머리 나사가 두세 개 정도 빠진 대학 동아리가 있다고 도모미에게 들은 적이 있어서요. 이게 그 구호인 듯하네요."

머리 나사가 두세 개 정도라니 도모미 씨도 꽤나 조심스럽게 말한 모양이다. 나사 같은 거 아마 하나도 안 끼워져 있을 터였다.

"지금부터 안내하고자 하는 데가 그 대학 동아리 연회석이에요."

"그건 또…… 어째서죠?"

"저, 그 동아리 회원이에요."

엇, 하고 기세키 씨가 곤란해하는 것과 동시에 기요카 씨가 문에서 모습을 드러내더니 "이쪽으로 어서요." 하고 손짓을 했다. 아무래도 사정은 어느 정도 납득을 하고 있는 듯했다. 완전히 미키지마 선배에게 말려든 모양이었다.

황급히 둘이서 신발장에 신발을 넣고 있자니 때마침 복도 맞은편에서 도모미 씨의 모습이 나타났다.

천사와 같은 미소. 분노를 겉으로 드러내지 않는 두 겹의 아가씨. 마치 엔진음을 극한까지 억누른 하이브리드 차처럼 우아하고 아름다운 표정을 띄운 채 조용히 다가왔다.

또다시 공격을 당할 거라고 생각했다. 나도 모르게 몸을 움찔했다.

그런데…….

장지문이 열렸다.

안에서 도모미 씨의 손을 꽉 잡고 이끄는 자가 있었다.

"어서 오세요, 도모미 씨."

남자뿐만 아니라 여자까지도 포로로 만들어 버릴 정도로 위험한 향을 내뿜는 미녀가 거기에 서 있었다. 옅게 흰 빛깔이 도는 분홍색 연지가 잘 어울렸다.

취연 회원들은 이미 곤드레만드레에서 '레'글자를 세 배로 불려야 할 정도로 취해 있었다. 앉아 있는 사람보다 누워 있는 사람이 더 많을 정도였다. 그 얼굴엔 숨길 수 없는 웃음이 떠올라 있었다.

"어머, 오랜만이네요."

여자가 말했다.

그녀가 보고 있던 것은, 기세키 씨였다.

"다, 당신은⋯⋯그때의!"

그녀는 한됫병을 한 손에 쥐고 꿀꺽 들이키더니,

후우우우우우우우

기세키 씨에게 숨결을 불어넣었다.

그러자 기세키 씨는 뒤편으로 소리도 없이 쓰러져 갔다.

그걸 스윽 하고 여자가 팔을 재빨리 뻗어 끌어안았다.

"1년 전에도 이거랑 똑같은 일이 벌어진 거야."

그녀는 남자 목소리로 그렇게 말했다.

아니, 남자가 여장을 하고 있는 거였다.

그 목소리를 내가 잘못 들었을 리가 없다. 나를 이 영문 모를 동아리에 끌어들인 장본인. 곤드레만드레 취한 시체 중에 그 존재가 보이지 않는 것도 이해가 갔다.

"미키 선배, 술자리 장기자랑이란 게 이거였나요?"

여장을 한 남자는 고개를 끄덕였다.

"연례행사지. 내 여장."

반짝이는 기모노로 몸을 감싼 미키지마 선배는 색기가 감돌게 웃었다.

"그는 주조장집 아들인 주제에 술이 약하단 말이지. 그래서 내가 술을 내뿜었을 때 간단히 의식을 잃었어. 욕조에 빠질 뻔한 걸 끌어안아서 바깥으로 이동시켜 뒀지. 운 나쁘게도 그 순간에 그녀가 들어온 거지."

끌어안고 있던 남녀…….

그건 미키지마 선배와 기세키 씨였던 것이다…….

나는 오늘 저녁 식사 때 있던 일을 돌이켜 생각해 봤다. 기세키 씨는 아버지들이 새빨갛게 되도록 술을 마시는 중에도 혼자 담담히 식사를 하고 있었다. 잔에 술을 따르지도 않았던 건 종업원도 그가 술을 못 마시는 걸 알았기 때문이겠지.

"그녀가 뛰쳐나간 뒤 다행히 금방 눈을 뜰 것 같아서, 그 전에 나는 가발을 벗고 빨리 얼굴 화장을 비누로 지우고 실례한 거야."

아무도 온천에서 나오는 여자를 못 본 것도 당연한 일이다.

여자 따윈 애초부터 없었으니까.

그 대신 기요카 씨는 숙박객이 나오는 모습이라면 봤겠지. 미키지마 선배는 당당히 남탕 발을 헤치고 나왔을 터이니 말이다.

"그렇지만 저는, 여탕에 들어갔는데……."

도모미 씨가 의문을 입에 올렸다.

그렇다, 그녀는 여탕에 들어간 것이다.

그에 대해선 대체 어떻게 된 걸까?

"도모미 씨에게 하나 묻고 싶군요. 이 숙소에 당신을 전부터 좋아하던 사람은 없습니까?"

"저를…… 좋아하던 사람요?"

"당신에게 기세키 씨의 추한 모습을 보여 줘서 득을 볼 사람이 있을 겁니다."

도모미 씨의 안색이 파랗게 질렸다.

"그 남자라면, 작년에 저희가 가게에서 해고했습니다."

"그 남자는 고지 씨, 맞죠?"

"네."

기요카 씨 전에 접수대에 있던 남자.

그래도, 어째서 그 남자라고 특정할 수 있던 걸까?

"도모미 씨가 온천에 왔을 때 접수대를 보던 사람이 그 사람이었죠. 타이밍상으로 생각해도 그 사람이 관여했을 거라고밖엔 생각이 되지 않는군요."

"무슨 타이밍요?"

내가 물었다.

"문발을 교체하는 타이밍. 보통 사람들은 남녀 구분을 발로 판단을 하지. 거의 반사적으로 말이야. 그걸 바꿨다면 헷갈리지, 당연히."

"그렇지만, 아가씨께서 나오셨을 때엔……."

기요카 씨가 믿을 수 없다는 어조로 끼어들었다.

"되돌려 놨겠지. 신기하게도, 인간이란 게 나올 때엔 그다지 발의 색에 신경을 쓰지 않는단 말이야."

"왜 발을 되돌려 둘 필요가 있던 거죠?"

내가 물었다.

"다음 접수대 담당자인 기요카 씨한테 걸릴 테니까."

"그런가……."

기요카 씨는 힘없이 그 자리에 주저앉았다.

"고지 씨가 왜 그런 짓을……."

도모미 씨는 홀로 홀린 듯이 멍하게 중얼거렸다.

"그는 도모미 씨가 오기 전에 발을 교체한 뒤, 기세키 씨가 여탕에 애인을 데리고 들어갔다고 생각하게 만들려고 꾸민 겁니다."

"그래도 제가 언제 올지는……."

"알고 있던 거죠. 손님들이 돌아간 뒤, 그리고 청소가 시작되기 전. 기껏해야 3분 정도 발을 바꿔 놓는 겁니다. 당신이 들어가고 나면 금방 발을 바꿔 놓으면 되는 거니까."

그런 논리를 펼치면서 미키지마 선배는 기세키 씨를 도모미 씨의 품에 영차 하고 넘겼다.

"그날, 홀린 물건입니다."

도모미 씨의 뺨에 눈물이 흘렀다. 둑이 터졌다. 그녀를 감싸던 허울이 무너진 것이다.

시간이 되감겨 간다.

어느 날엔가 이 1년간의 여백을, 두 사람은 웃으며 넘길 수 있게 될지도 몰랐다.

어느 날엔가.

창밖으로는 눈이 아까보다도 훨씬 소복소복 부드럽게 내려 어둠을 희게 물들이고 있었다.

                                    * * *

　기껏 여기까지 온 거, 아까 못 들어갔던 온천에 들어갔다가 돌아
가기로 했다.

　"혼담을 백지로 돌리는 건 제가 아버지께 말씀드리죠."

　기세키 씨는 그렇게 말하고 내게 온천에서 푹 쉬다가 가라고 권
했다. 탈의실에서 옷을 벗으면서 술에 잔뜩 취한 아버지들이 입을
쩍 벌릴 모습을 상상하니 조금은 불쌍하다는 생각이 들면서도 키득
키득 웃음이 차올랐다.

　유쾌하다고 생각하면서 욕탕으로 향하는 문을 열었다.

　수증기가 차 있다고는 해도 여긴 바깥. 순식간에 닭살이 돋았다.
서둘러 욕탕으로 몸을 날렸다. 어깨까지 푹 잠겨있지 않으면 흩날리
는 눈에 금세 식어 버렸다.

　그런데도 10분 정도 그렇게 잠겨 있으니, 바깥이라는 생각이 들
지 않을 정도로 몸 안의 중심이 따뜻해져 왔다.

　직선이 아니라 가볍게 춤추듯이 떨어지는 흰 점 속에서 혼자 움
직임도 없이 멍하게 오늘 하루 동안 있었던 일을 돌이켜 생각했다.

　정말로 기묘한 하루였다.

　지금의 이 조용함이 거짓말 같았다.

　"눈에도 종류가 다양하다고."

　어디에선가 목소리가 내려왔다. 주위를 돌아봤으나, 인기척이 없
었다. 목소리는 대나무로 짜인 벽 너머에서 들려왔다.

　"싸락눈, 둥근 눈, 함박눈, 오늘 밤에 내리는 눈은 필경 가루눈일

테지."

"가루눈……요?"

"봐, 가벼워 보이잖아?"

나는 다시금 눈을 봤다. 그것들은 담배에서 떨어지는 재처럼 사락
사락 내렸다.

"미키 선배, 술 마셨으면 온천 같은 데 들어가면 안 된다고요."

"괜찮아. 술 마시러 왔을 뿐이니까."

"……무슨 의미예요?"

"눈 구경 술자리지. 그것도 갓 나온 극상품을 말이야."

무슨 말인지 알 수가 없었다. 그러나 그보다 아까 한 얘기에서 신
경이 쓰이는 부분이 있던 것을 생각해 냈다.

"그, 하나 여쭤 봐도 되나요?"

"신체 사이즈라면 알려 줄 수 없지만 말이다."

누가 그딴 거 묻기나 한대요.

"……그게 아니라요, 어째서 1년 전에 미키 선배는 기세키 씨 얼
굴에 일본주를 내뿜은 거예요?"

"그야, 이쪽으로 오면 곤란하니까."

"왜죠?"

"그러니까, 마시고 있었단 말이야. 갓 나온 극상품을. 단지 그다지
사람들에게 알리고 싶지 않은 방식으로 말이야."

"네……?"

"위를 봐."

미키지마 선배가 말했다.

245

대나무를 채집하는 영감도 깜짝 놀랄 정도로 긴 대나무가 쭉 하고 담에 걸려 있어서, 인접한 주조장까지 뻗어 있었다.

"취연에 대대로 전해 오는 신축 자재대롱이지."

시소 원리로 벽에 닿는 부분을 지점으로 주조장 쪽으로 대나무 봉이 점점 기울어져 있었다. 미키지마 선배가 있는 쪽 끝에는 끈이 매달려 있어서, 아무래도 그 끈은 미키지마 선배가 보유하고 있는 것 같았다.

"기울어진 대나무는 옆 주조장의 소형 개방 탱크 안으로 들어가 있어."

"잠깐……. 그건……."

그건 술도둑이잖아요, 선배…….

"하룻밤 새에 일본주에 무슨 일이라도 생기면 큰일이니까. 조금 맛만 봐서 무사한지를 확인하는 일본주 지킴이 부대라고."

뭐야, 그게. 그러자 그때 미키지마 선배는 천천히 대나무에 매여 있던 끈을 당겼다.

그러자 담을 지점으로 대롱이 다시금 온천 쪽으로 기울었다.

"옆의 주조장은 이 시간 아무도 없단 말이지. 그래서 나는 이 시간을 노리고 매년 온천에서 술을 마셔 왔단 말씀. 그런데, 지난해엔 훼방꾼이 들어온 거야.

갑자기 들어오니까 양동이 한 통만큼만 길어서 끈을 기세 좋게 놓아 버렸어. 그랬더니 탱크에 대나무가 세게 부딪히면서 들짐승을 쫓는 도구 같은 소리가 울려서 오히려 그의 주의를 끌게 되어 버리고 말았지."

"그래서 얼굴에 뿜어…… 버린 건가요?"

"그렇지. 눈앞을 흐리게 해서 도망치려고 생각했었어. 설마 기절할 거라곤 생각도 못 했지."

어이가 없어서 그대로 탕 속에 코끝까지 잠겨 버렸다.

꿀렁꿀렁.

하나 더 묻고 싶은 게 있었다.

오늘의 화장. 그건 「사사메」의 히로인 메이크업이 아닌가. 연지색이 옅게 흰색을 띈 분홍색인 건 사사메가 실은 설녀를 모방했기 때문이라고 감독에게 예전에 설명을 들은 적이 있던 걸 떠올렸다.

게다가 미키지마 선배는 내가 그 영화의 주연에서 하차했다는 사실을 알고 있었다.

분명 일부에서 화제가 되긴 했었지만, 주간지에서도 극히 작은 부분에 실렸을 터였다. 인터넷에서 찾아봤더라도 내 프로필에는 그런 영화에 출연 예정이었던 게 기록되어 있지 않았고, 지금은 그 누구도 화제로 삼지 않았다.

그걸 왜 미키지마 선배는 알고 있는 거지?

'중요한 건 본인에게 묻는 버릇을 들이라고.'

언젠가 미키지마 선배가 했던 말을 떠올렸다.

본인에게 물어보고 싶은 말.

그리고 본인에게 하고 싶은 말.

'좋아하는 사람이 있어요.'

다른 사람에게는 그렇게나 당당히 할 수 있던 말도, 지금은 말이 얼어붙기라도 한 건지 나오지 않았다.

"「사사메」의 마지막은 이런 식으로 남녀가 남탕 여탕으로 나뉘어, 같은 하늘을 올려다보는 신으로 끝나지. 두 사람에겐 같은 눈이 내리고 있지만, 서로의 마음은 멀어져 가."

본 적은 없었다. 시나리오상으로는 알고 있었는데, 정경이 눈앞에 떠오르는 것 같았다. 사사메가 떠난 뒤 이제 더는 원래대로 돌아갈 수 없는 관계가 된 남자와 여자가 과거에 나누었던 시간을 그리며 눈을 바라보는 장면으로 끝나는 것이다.

그걸 어둡다고 볼 것인지, 희미하게 미래가 느껴진다고 볼지는 분명 보는 사람에 따라 달라질 것이다.

"나는 그 영화, 개봉 첫날에 보러 갔었어. 네가 나온다고 생각해서."

"네……?"

"내가 알던 아역 배우, 사카즈키 조코는 신뢰할 수 있는 연기를 하는 멋진 여배우였어. 그래서 얼른 정보를 습득해서 줄을 서서 들어갔는데, 스크린에는 전혀 다른 여배우가 나왔었지. 영화 자체는 나쁘지 않았지만, 그 부분만큼은 뭐랄까, 삼각형."

나는 그대로 탕 안에 잠길 것만 같았다.

아니, 기다려, 서두르지 마라.

미키지마 선배는 특별히 사카즈키 조코에게 반해 있었다고 고백한 게 아니지 않은가. 그저 여배우로서의 자질을 인정한 데 지나지 않는다.

그런데도, 왜 이렇게 가슴이 설레는 걸까.

더웠다.

미키지마 선배, 그 '삼각형'이 스스로 영화를 찍으려고 한 계기의 하나가 된 건…….

그리고 4월 로터리에서 나를 잡았던 날.

정말로 소주 갑류의 냄새 때문에 저에게 말을 건 거예요?

그렇지 않으면, 그 전부터…….

황급히 고개를 저었다. 아무리 망상이라고 해도 뻔뻔하기 짝이 없었다. 눈 속에 머리를 처박고 식히는 편이 좋을지도 몰랐다.

"어이, 살아 있어? 술잔."

"……아마도, 네, 살아 있어요."

살아야죠.

"너, 이상하다. 잔뜩 취한 것 같아."

벚꽃으로 시작해 야구장에서, 해변에서, 달 아래서…… 올해 나는 여러 곳에서 미키지마 선배와 같은 풍경을 바라보고, 취했다.

술에 취하지 않는 내가, 세계에 취하는 법을 배운 건 미키지마 선배가 있었기 때문이다.

좀 더 다양한 세상에 취해보고 싶었다.

그리고, 언젠가는 나도…….

'어쨌든 1년간 우리한테 맡겨 보라고.'

4월에 들은 말. 앞으로 3개월만 더 지나면 1년.

여전히 인생의 목표는 보이지 않았다. 여배우가 되고 싶다고도, 지금은 아직 그럴 생각이 없었다. 그래도 혹시 앞으로의 삶에서 한 번 더 무언가를 연기할 수 있다면, 내가 뭘 할 수 있는지 그리고 뭘 할 수 없는지 그런 시시한 건 생각하지 않기로 했다.

무언가를 행하는 것도 내가 아니다.

손님을 취하게 만드는 술은, 시나리오 속 허구의 인물.

신체는 그 그릇 같은 데에 지나지 않았다.

지금은 그런 식으로 단순하게 생각하는 게 가능해졌다.

스스로를 조이던 방해물을 하나 제거하는 것만으로도 세상은 이렇게까지 색채가 풍부해졌다. 4월에 비해 마음이 가벼워졌다. 취연이, 미키지마 선배가, 무겁게 차려입었던 내 마음의 옷을 한 겹 벗겨준 것이다. 아직 몇 겹이고 두꺼운 옷을 겹쳐 입고 있는 데다, 더 나아가 피부와 옷 사이의 성가신 것들도 있는 탓에 맨몸이 되기까진 갈 길이 멀지만. 그래도…….

"취했어요, 눈에 취했죠, 눈에."

훗, 하고 미키지마 선배가 웃는 소리가 들렸다.

눈, 눈, 눈, 눈…….

"오늘 밤, 부활한 사랑에 건배……."

"건배……. 저 아무것도 들고 있지 않지만요."

그렇게 말하면서 나는 없는 술잔을 마음에 담았다.

청춘은 긴 터널이 분명했다.

우리들은 그저 마구 그 안을 달리는 유령일지도 몰랐다.

그래도, 터널 안에서 뻥 하고 밝혀진 등불을 만난다면, 그걸 놓쳐서는 안 된다.

꽃 불빛인지, 달 불빛인지,

눈 불빛인지 알 수 없지만,

그걸 의지해,

더듬거리면서 어둠 속을 나아가는 것이다.

이를테면 오늘 밤…….

눈에 취하는 이치와 함께, 가슴 설레면서.

〈끝〉

옮긴이 | 김아영

대학에서 영어와 스웨덴어를 전공. 번역을 업으로 삼고 있으며, 옮긴 작품으로는 『K N의 비극』,
『북유럽 스웨덴 자수』, 『마법사의 제자들』 등이 있다.

이름 없는 나비는 아직 취하지 않아

1판 1쇄 찍음 2016년 3월 25일
1판 1쇄 펴냄 2016년 4월 1일

지은이 | 모리 아키마로
옮긴이 | 김아영
발행인 | 김세희
편집인 | 김준혁
책임편집 | 장은진
펴낸곳 | 황금가지

출판등록 | 2009. 10. 8 (제2009-000273호)
주소 | 06027 서울 강남구 도산대로 1길 62 강남출판문화센터 5층
전화 | 영업부 515-2000 편집부 3446-8774 팩시밀리 515-2007
홈페이지 | www.goldenbough.co.kr

도서 파본 등의 이유로 반송이 필요할 경우에는 구매처에서 교환하시고
출판사 교환이 필요할 경우에는 아래 주소로 반송 사유를 적어 도서와 함께 보내주세요.
06027 서울 강남구 도산대로 1길 62 강남출판문화센터 6층 민음인 마케팅부

한국어판 © ㈜민음인, 2016. Printed in Seoul, Korea

ISBN 979-11-5888-092-7 03830

㈜민음인은 민음사 출판 그룹의 자회사입니다.
황금가지는 ㈜민음인의 픽션 전문 출간 브랜드입니다.

Black
Romance
Club

블랙 로맨스 클럽을 열며

　로맨스 소설에도 흐름이 있다. 한참 인기를 지속하던 칙릿 이후 10대에서 출발해서 무서운 속도로 영역을 넓혔던 인터넷 소설 시장에 이어, 과히 광풍이라고 부를 수 있을 정도로 전 세계를 평정한 뱀파이어 소설이 최근의 주류를 이루고 있다. 하지만 한 작품이 인기를 끌고 나면 그 뒤로는 아류작이 쏟아져 나오는 시장의 특성상, 너무나 천편일률적인 작품들이 유행에 따라서 서점을 채우고 있다.

　블랙 로맨스 클럽은 바로 이 획일화 되어 있는 로맨스 소설 시장에 대한 고민에서 출발했다. 사실 로맨스 소설은 다 비슷한 게 당연한 것 아니냐고? 천만의 말씀. 그냥저냥 잘생긴 남자랑 예쁜 여자가 만나서 악역 조연들에게 시달리며 오해를 겹겹이 쌓아가다가 어느 순간 너를 너무 사랑하니까 하고는 결혼에 골인하면 되는 거 아니냐고? 부디 블랙 로맨스 클럽을 통해 그 편견을 버려 주시길 바란다.

　블랙 로맨스 클럽 편집부는 로맨스라면 흔히 떠올리는 소재나 플롯 등에서 벗어나 다양한 소재를 다룬 신선한 소설, 탄탄한 이야기 구조를 기반으로 재미와 감동을 전해 주는 소설만을 엄선하고자 한다. 시리즈의 작품들은 하나 같이 기존의 로맨스 소설의 공식을 깨는 개성 넘치는 작품들로, 시대를 초월한 재미를 추구하는 작품만을 선정했다. 추리, 호러, 스릴러, SF, 판타지, 역사, 좀비 등 소설에서 기대할 수 있는 모든 이야기에 로맨스라는 양념이 덧붙여진 종합 선물 세트와 같은 다양한 소설들로 독자들에게 색다른 재미를 드리고자 한다. 블랙 로맨스 클럽의 '블랙'은 하얀색, 분홍색, 빨강색 등의 색조로 흔히 표현되는 로맨스 소설을 뒤집어 개성 넘치는 로맨스 소설을 담고자 하는 출판사의 마음을 담고 있다.